独角马·中篇轻侠义库

独角马·中篇轻读文库

与永莉有关的七个名词

张 楚

海峡出版发行集团 | 海峡文艺出版社

目录

与永莉有关的七个名词
...001...

大象
...084...

与永莉有关的七个名词

郭永莉的自行车老是慢撒气。她想换条轮胎,刘兰英说,换啥换!换条轮胎七块钱,腿子肉才六块五一斤!吃得比母猪多,留着蠢劲做啥用?刘兰英说这话时正忙着往槽子里扗猪食。她养了十六头约克猪。

郭永莉瘦瘦的,饭量却顶两个刘兰英。她嘟着嘴跨上自行车,去村口的赤脚医生家借打气筒。通常气还没打完,郭亮和肖恩慧就一前一后到了。她束手束脚地站旁边,看着郭亮将轮胎打得邦邦硬。郭亮脑袋大,人家都管他叫郭大脑袋。

郭大脑袋他们仨,都在镇上的中学念书。

郭永莉一直想不明白,为啥要读书,那些不读书的同学,都去县城里打工了,没关系的去了百货大楼,去了小饭馆,有关系的去了轧钢厂,去了药房,去了桃源宾馆。他们回家的时候,骑着鲜艳的电动摩托,女孩子们涂着口红,男孩子们叼着万宝路香烟。他们疾驰而过,柏油路上扬起的灰尘通常让郭亮大声咳嗽起来。有啥洋气的,郭亮撇着嘴说,不就是个破电动车吗,又不是奔驰宝马!他嘴上这么说,郭永莉还是能看到他艳羡的目光。一个口是心非的人,郭永莉心里想,郭亮是个口是心非的人。他爸妈有钱,有钱的爸妈就是不给他买摩托车。他们拒绝的理由很符合他们的身份和秉性:车多辆多的,出了肇事咋整?

不过,无论郭亮说什么,她还是信的。郭

亮说，郭永莉长得瘦，可眼睛大，是她们三姊妹里最受看的。郭亮说，郭永莉脑子笨点，可能吃苦，对她能在镇中的英语比赛中获得了纪念奖很是钦佩。郭亮说这些话时，通常跟她并肩骑着自行车行驶在乡间的柏油路上。路两边全是白杨树，芒种后叶子黑亮黑亮的，路上拉铁矿石的大解放车更多，他的声音要跨过解放车的喇叭声、堵车时司机的咒骂声，还有肖恩慧那条土狗的吠声，才能断断续续传进她的耳朵。她不说话，满脸通红，时不时偷偷瞄一眼跟屁虫般尾随着他们的肖恩慧，小腿将慢撒气的自行车蹬得更快。

肖恩慧总是带着他那条狗。肖恩慧上课时，它就在校门口撒欢，要么跟野狗们去田野鬼混。肖恩慧一张丝瓜瓢子脸，单眼皮常年耷搭着，看人时白眼仁多黑眼仁少。说实话，郭亮长得比他威武多了，大头粗颈，不过十六七岁，却早早蕴了肚囊。你能快点吗！他不耐烦地扭头朝肖恩慧喊，死螃蟹没沫！肖恩慧也不生气，朝他们俏皮地吹着口哨。口哨响亮，颤抖的尾音似乎将那大卡车的鸣笛声都盖了过去。

　　镇上的中学，离家并不远，可中午和晚上还是在学校吃。相对于母亲身上浓烈的猪圈味儿，她更喜欢学校食堂里飘着的剩菜馊味。她最稀罕的一道菜是干豆腐片炒辣椒，翻来拣去总能挑出几片油腻的肥肉。郭亮呢，顿顿都买那最贵的，猪肉炖粉条，油炸鲤鱼啥的，不住往郭永莉碗里夹，夹就夹了，郭永莉却不吃，最后剩碗里。郭亮也不恼，似乎将好吃的给了她就好，她吃不吃倒不打紧。有时郭永莉将肉片再夹到肖恩慧碗里，肖恩慧小心翼翼地将肉挑出来，犹豫着放到餐桌上，时不时地朝那块肉瞄两眼。绿头蝇很快乌泱乌泱扑过来，滚成一团黑云，肖恩慧嘴角抽搐，舞动着筷子将苍蝇们掸走，喉结涌动几下，快速地扒拉着碗里的米饭咸菜。

　　肖恩慧只有一个奶奶。奶奶是瞎子。郭永莉还没见过这么能干的瞎子，种地、做饭、洗衣晾衣、养鸡，啥都会，只是家里像垃圾场。头次去肖恩慧家，郭永莉难免皱起眉头。她母亲忙得吃饭都蹲猪圈里吃，可家里照例拾掇得溜光水滑，而肖恩慧他们家，灶台上的灰尘积得比冬天的雪还厚，灶具黑腻，粘着菜叶米粒，地板上是尘土、碎纸屑、破鞋烂袜。"你忒懒，"郭永莉对肖恩慧说，"你奶瞎，你又不瞎。"肖恩慧耷拉的单眼皮微微挑了挑。再去他们家，地板明显干净许多，衣裳也叠摆得四致。肖恩慧奶奶咧着嘴给她和郭亮递茄子吃。郭永莉看到紫茄子上粘了块鸡屎般的黄泥，没敢吃。

　　郭亮家倒是常去。他爸妈在县城里卖烤鸭，家里少有人迹。他们仨就在宽阔的客厅里写作业。只有她和肖恩慧写，郭亮忙着给他们做吃食。说实话，郭亮做饭比学习有天分。他炸的鸡柳金灿灿，上面撒了咖喱粉和黑胡椒；他煮的素面里会加哈尔滨红肠和沙瓤西红柿，吃起来酸爽微甜；他用木柴烤的老玉米，饱满脆生的焦皮轻烫着口腔，当粒芯被牙齿挤压出来时，焦煳的香气和水嫩的甘甜立马混淆着扑进鼻腔……当然，她和肖恩慧的待遇是不同的，郭亮分给她的鸡柳，总比给肖恩慧的多两块，面汤里的甜肠也多两根。肖恩慧才不介意呢，也许长这么大，他还从来没有尝过这么好的吃食。他爸原先在煤矿上班，下夜班时被拉矿石的解放车碾死了，他妈拿着补偿金跟卖保险的东北人跑到三亚开饭馆。未过半载，他爷查出了肺癌晚期，在炕头熬了不过几天，睁眼死了。从小学四年级开始，他跟奶奶过。瞎眼奶奶哪里都好，只不过炒菜时，会弄混糖罐和盐罐，酱油瓶和醋瓶。

有年夏天，好像快出伏了，晚上，郭亮给他们炖了锅莲藕糖醋排骨。郭亮嫌热，说，我们去屋顶吃吧。郭永莉说，你个神经病，不怕被邻居笑话吗？郭亮说，我在自个家屋顶上吃饭，关他们屁事！郭永莉去瞅肖恩慧，肖恩慧没吭声，径自去搬梯子。他们仨，一个往屋顶端排骨，一个往屋顶拿碗筷，还有一个往屋顶拎啤酒。

屋顶也热，坐在上面犹如坐在炭火才熄灭的炉上。不过，有风，虽是晚夏的热风，多少掺了些夜晚的凉意。郭永莉声明她不喝酒,郭亮还是嘻嘻着给她倒了碗。排骨里的糖放多了,齁甜,郭亮为他的手艺失常先干了碗啤酒。肖恩慧的白眼仁瞥着长满豌豆的院子,也喝了碗,喝完后就打嗝,他说,这是他第一次喝啤酒,咋是泔水味。郭亮说,原来你还老喝泔水啊?肖恩慧佯装去打他,郭亮嘿嘿着又给他倒酒,说,喝吧,喝吧,不醉不归。郭永莉不敢大口喝,只小口小口抿。她坐在郭亮跟肖恩慧中间,老怕屋檐下路过的街坊邻居瞅到。天色越来越黑,听不到蝉鸣,倒能听到蟋蟀的叫声,夏天很快就要过去了。喝着喝着,郭亮跟肖恩慧直挺挺躺下了,不久鼾声浮升。郭永莉俯视着被夜色覆盖的村庄,既觉得舒心,又觉得有点难过。可为啥难过呢?她想不明白。后来也迷迷糊糊睡去。等骤然醒来,发觉郭亮的手搂着她的腰,她皱着眉头甩掉,另一条胳膊又围圈过来。她干脆起身盘腿坐好。肖恩慧也醒了,坐在空酒瓶旁端看着他们。

　　他的脸庞只是团黑乎乎的细长影子。她

便问，喝多了？肖恩慧说，没。她又悄声问，你……想啥呢……肖恩慧沉默了片刻说，真羡慕你们。她本来想问他羡慕啥，可想想他的瞎眼奶奶，就没吱声，后来她起身走过去，站他身旁摸了摸他的头发。她能感到他的身子颤了两颤。他们谁都没再说话，她重新坐到郭亮身边，从锅里拣出块排骨慢慢地啃。排骨凉了，腻口，她就嘬了点啤酒。不久，便听到刘兰英扯着嗓门喊她的名字，似乎恨不得全庄的人都能听到。她不敢应声。肖恩慧替她扶着梯子，她一步一步往下缩。肖恩慧的脑袋跟夜空中滑过的萤火虫离她越来越远，四野阒然，连犬吠和蟋蟀声也没有，整个世界也在静默中透亮起来。她想，能跟他们在屋顶上坐一辈子，也挺好的。当她跳下最后一根椽木时，不禁朝屋顶张了张，不料脚没站稳，崴了下。她龇牙咧嘴地揉了揉，刘兰英呼喊的声音犹如浪潮涌来。她仰着脖子看屋顶，肖恩慧正机械地朝她摆手，还笑了笑。他刷牙不用牙膏，都是用精盐，可能刷得过于用力，被盐渍出了颗粒般的凹槽。

他笑起来特别像一只修长而害羞的绿扁蚂蚱。

　　刘兰英拎个手电筒，母女一前一后往家走。刘兰英边走边发出轻微的呼噜声，仿佛走着走着睡着了。她的呼噜声跟那些心宽膘肥的母猪越来越像。她很少管教郭永莉，她跟邻居说，这是让她最省心的一个闺女，看上去傻乎乎的，可又没傻到会被人拐走的份上，心又宽，万事都不入眼。也许她的话没错。郭永莉还有两个姐姐，她行三，熟络的人都喊她郭三。大姐辍了学，跟刘兰英养猪。她跟郭永莉长得像，只是左眼有点斜视，相看了几个对象，男方都有些嫌弃，这心事就一天比一天低。二姐呢，高中才毕业，去县服装厂上了班，不过个把月，就找了男朋友，还喜滋滋带到家里来，把刘兰英气得一宿没睡。郭永莉她爸有个战友，在山海关卖水果，战友有个儿子，在京唐港当海员，两家从小就定了娃娃亲，单等到了合适年岁，战友变亲家。二姐呢，属辣椒的，呛人是常事，七八天没回家了。要不是家里的那头母猪快生崽了，刘兰英早攥着擀面杖去厂里抽她了。

水塔

学校里有座水塔。红色，砖砌，不高，顺着铁质扶手能爬上去。有鸟在塔上鸣叫，不是麻雀，不是喜鹊，也不是斑鸠。打热水从塔下路过，郭永莉都忍不住驻足仰望。她想，叫得那么好听，肯定是夜莺吧？她没见过夜莺，也不知道夜莺是否会在白天鸣唱。有天晚上，郭亮爬了上去，将腿从塔沿耷拉下来，讨好似的朝郭永莉招手。郭永莉将暖水瓶放下，贼眉鼠眼地环顾四周，校园里静悄悄的，快打熄灯铃了，孩子们正在洗漱，她就弓着腰爬上去。失望是难免的，蔓生着杂草，草里有只死斑鸠，肉腐烂了，只几根灰羽支棱着。她捂着鼻子将斑鸠扔到塔下，还没来得及擦手，郭亮就将她扑翻。她挣扎了两下。

这年他们上高一。都考的县第二中学。开学前，郭亮父母先是派了村里的媒婆到郭永莉家说媒，后来又亲自登门拜访。郭永莉家向来是刘兰英当家。父亲有哮喘病，整日在村委会屋檐前跟老头们晒太阳，家里的大事小情从不过问，早习惯了做甩手掌柜。刘兰英想了想说，这俩孩子，倒是般配，天天腻歪一块，只是年岁太小，要不，再等等？媒婆说，大嫂子啊，等啥呀，郭家两口子在县城卖烤鸭，光楼房就有两套，就这么根独苗，多少人家盯着呢！狼多肉少，可别等着快到手的鸭子再飞走。刘兰英当时正在拌猪食，她将一大袋添加剂倒进热气腾腾的桶里，又吭哧吭哧搅拌半晌，这才直起腰盯着媒婆说，行，过年了，给你送条猪背腿。郭亮的父母是开着夏利车来的，后备厢里装了八只烤鸭，还有台爱多VCD。刘兰英让二闺女骑着自行车，将烤鸭送给了娘家人。她有五个兄长三个弟弟。她当时暗自庆幸，亏得爹妈没再给她多生养几个兄弟。

郭永莉呢，也没多说啥。这个连一千五百米都跑不下来的胖子，如今是连喝粥也要鼻尖沁汗。可他对她是真好。两人不在一个班，没下早自习，郭亮就偷偷摸摸去打饭。郭永莉的碗里总有枚剥了皮的鸡蛋，中午更不消说，肉菜青菜荤素搭配营养均衡。晚自习后，他拽了郭永莉偷偷爬上水塔，从兜里掏出橘子，剥好，一瓣瓣喂她嘴里。郭永莉扭捏着掸掉他的手。他说，有啥害臊的，媳妇？郭永莉说，滚，谁是你媳妇？郭亮嘻嘻笑着来摸她。他的手没干过农活，软而肥，比郭永莉的手还要柔滑，不过倒是常帮他父亲杀鸭烤鸭，能闻到股松果的香味。有时两人搂抱着昏昏睡去，等秋风顺着尾椎骨爬蹿，郭永莉才打个寒战，揉揉眼，愣愣地盯着郭亮。她真的要嫁给他？真的跟他在土炕上睡一辈子？他这么胖，老了会不会得脑出血或心衰？他真的稀罕自己？听着熄灯的铃声，看着一盏盏的灯次第灭掉，她心里空荡荡的。此时，肖恩慧的脸就在静谧的黑暗中浮升起来。

肖恩慧跟郭永莉一个班，前后桌，两人很少说话，仿佛他们以前根本不认识。碰到了不懂的题目，郭永莉扭头问他，他也讲，眼却从不正眼瞅她，自说自话。郭永莉难免有些生闷气,他讲完了,她就狠狠瞪他两眼。他斜着眼,装作没看见。也许他真的没看见吧。他的白眼仁那么多,瞳孔又小,没准还散光。他也没再跟郭永莉他们一起吃饭,有时郭亮也叫他,声音懒懒的,肖恩慧就摇摇头,自己端着饭盆大踏步走了。他很瘦,走起路来轻飘飘的。有一次郭永莉问他,你的黄狗呢?肖恩慧摸了摸鼻子,说,生了窝小狗。郭永莉呀了声,说,我最稀罕小猫小狗了。她期待着他说,你要稀罕,我送你。可他半晌没吱声,她有些赌气似的说,那,你送我一只呗?他仍不吭声,顾自埋头做数学题。郭永莉觉得肖恩慧越来越小气了,很长一段时间内都没有搭理他。拽啥呢?她瞥他两眼,看到他头顶上生了白头发。活该,她恨恨地想。

还是郭亮对她好,才入冬就买了小护士护手霜,说怕她的手皲了,还买了顶粉色针织帽,帽顶缀着苹果大的绒球。他说,等下了雪,就戴着这顶帽子打雪仗。他还给她买了爱立信手机。她说,我们家连电话都没有,我要这玩意干啥？郭亮说，等着我打给你啊。郭永莉把手机给了刘兰英。经常有外镇的猪贩子找她，电话都是打到邻居家。这下好了，无论她是在猪圈里还是在集市上买饲料，猪经济们都能听到她浓重的鼻音了。

天冷了，去塔上的次数也少了。放寒假的前一天晚上，很多同学都回了家，校园里黑乎乎的。郭亮偏拉着她爬水塔。郭永莉说，你有毛病啊！冷飕飕的，灌西北风啊！郭亮嘿嘿地笑着，犹如一头北极熊缓缓爬上，从怀里掏出只烧鸡，撕巴撕巴，先吃了个鸡腿，又掏出瓶北大仓白酒，吱喳着喝了口。郭永莉抓着冰凉的扶梯扶手往上爬，爬到半腰处，便听到有人喊，喂！干啥呢？声音粗重，一听便是保卫处的老王。老王可能也不太老，只是满脸络腮胡，脸上是那种因常年酗酒浸成的酒斑。同学们都怕他，尤其是女同学。他最喜欢跟女同学聊天。

郭永莉忙朝水塔上望，郭亮却不见了踪影，又朝梯子下瞄了两眼，凛冽的西风携带着酒气。她嗫嚅着说，我在锻炼身体。老王喝道，小小年纪就撒谎！给我爬下来！郭永莉就乖乖下来，搓了搓手转身想走。老王说，你哪个镇的？放假了也不回家！等野汉子是吧！郭永莉吃惊地瞪着他，实在是没料到他会说出这么恶心的话。老王又说，你是不是冷啊？郭永莉嗯了声。老王欺身过来，说，冷的话，叔给你暖暖手。一对熊掌箍住了她的手。郭永莉挣扎了两下，老王就将她搂进怀里，胳膊夹着脖子将她往水塔后边拖。水塔后面没有路灯，黑漆漆的，郭永莉扯着嗓子喊，郭亮！郭亮！郭亮也没动静，老王的手又钳住她腰身，嘴巴先凑了过来，郭永莉这才彻底醒过来，大声喊，郭亮！郭亮！救我！一双散发着柴油味道的大手瞬息堵住了她的嘴巴。她浑身颤抖，猛地挣了几挣，却发现老王那厢似乎松软下去，她喘息着小跑到一杆路灯下，看到有团影子正跟老王滚翻到一起，擦了擦眼，迷迷糊糊的，只觅到那团瘦削的身子，一会在上面，一会被老王压在身下。老王大声咒骂着，朝着影子就是几记老拳。正在发怔，手却被攥住，哆嗦着扭头，却是郭亮，不禁骂道，死胖子！你跑哪里去了？跑哪里去了？！郭亮左手拎着烧鸡，右手拽着她，手指放在唇边嘘了声，又朝老王那边瞅了眼，说，快跑！快跑！

  他们那晚住在了学校附近的宾馆。宾馆没有暖气，只有台漏风的空调呼噜呼噜着躁响。郭永莉蜷在床上，风寒病患者般筛抖。郭亮帮她脱了鞋袜，又去褪她的衣服。她噘着嘴搡掉他的手。郭亮说，他方才吃鸡腿，噎住了，灌了口酒，又呛着了，跪在塔顶抠喉咙，想将鸡腿吐出来，听到她呼喊，却没听清她喊的是啥，寻思她冷，不来塔上了，等那只鸡腿总算吐到草丛里，才看到她在路灯下哆嗦，那边呢，却是穿着保安服的老王在跟人打架，怕沾包，这才拉她跑出来……郭永莉不想听他说话，她觉得他说的全是假话，她疯了似的喊救命，难道他都没听到？那个跟老王干仗的人，看身形倒有些像肖恩慧。肖恩慧……不会有事吧？想着想着困顿了，似乎睡着了，又似乎清醒着，老感觉身上压了座山，动也动不得，睁了眼，却是郭亮趴她身上乱动，动了没几下，就安生了。他躺在她身旁喘着粗气，她战战兢兢地摸了摸下身，还好，套着秋裤，只不过，秋裤湿漉漉的。

翌日午时，两人才懒洋洋地爬起来，郭永莉也没有搭理郭亮。郭亮买了豆包和奶茶，她一口没吃，一口没喝，两人偷偷去学校拿行李，却发现学校门口贴着张白榜，上面写着：高一·二班的肖恩慧同学，违反学校纪律谈恋爱，被保安处工作人员发现，恼羞成怒，殴打保安，性质恶劣，被开除学籍。

郭永莉身子晃了几晃，郭亮扶住她，手也在抖。郭永莉说，学校真混账！信口雌黄，明明是肖恩慧救了我……郭亮忙捂住她嘴巴。她的嘴巴很大，嘴唇很厚，郭亮的手显得那么娇嫩稚小。郭永莉扯开他的手说，我去找校长！我要告老王非礼我！郭亮贴着她耳朵说，乖乖，你别没事找事，你差点被他强奸，这要是被村里人知道了，我们家这张脸往哪里搁？！郭永莉木木地望着他。他的脸又白又胖，没有一丝血色。

寒假那些日子，郭永莉老想去肖恩慧家看看。有几次走到他家门口，却只躲在麦秸垛后面。别人家全是红砖垒砌的院墙，只他家是高粱秆和玉米秸搭就，稀稀拉拉，站在狭长的院子里，也能望到外面的行人。郭永莉听到肖恩慧奶奶的咳嗽声，说话声，洗衣裳的声，吆喝狗的声，却唯独听不到肖恩慧的动静。有次郭永莉听到了老人哭泣的声音。老人们哭起来是没有大声息的，气流从喉咙里艰难地淌出来，仿佛有人扼住了脖子，咿咿嘤嘤，呜呜嗯嗯，听不出悲伤。她听到老太太呜咽着喊，这可咋好呢，这可咋好呢！郭永莉转身小跑着回了家，边帮着刘兰英掏泔水边盘算着，要不，到学校把事说清楚？肖恩慧成绩那么好，肯定能考出去的，不过，眼下放了假，学校里除了值班的老师，也不会有啥校领导，不如等开学再说吧。

大年初一那天，要挨家挨户拜年。到了肖恩慧家，只他奶奶坐在炕沿上。她说，恩慧一早就出去了，估计是上祖坟放炮仗。等回了家，刘兰英说，肖恩慧来过了，这个可怜的崽子，说是开春就出去做工了，他念书不挺好吗？郭永莉没敢接话茬。大年初六，从郭亮家吃饭回来，路过小卖店时，忽听到有人喊她，不是肖恩慧是谁呢？她心里突突的，站住，想转身，这身子却锈住，或许过年这些天，肉吃得太多了些。后来她又听到肖恩慧弱弱地喊了声她的名字，她猛地转过身，却发觉身后空无一人。难道是自己惊乍了？她四处瞅了瞅，只看到灰色雪花一朵朵落下，落到睫毛上，落到黑魆魆的槐树枝干上，落到冒着烟的烟囱上，落到她手里的那只烤鸭上。

过年最糟心，平日里不怎么往来的亲戚也要走访一遍，嘴里说着吉祥喜庆的话。别人家都是男孩拎着白酒跟点心去拜年，他们家呢，仨丫头，大姐呢，是属夜来香的，白天见不起人，二姐呢，属刺猬的，逮谁扎谁，这拜年的活就落在郭永莉头上。等拜完年，郭亮母亲又邀她去家里小住了几日。这些年的风俗就如此，只要定了亲，女方就搬到男方家，住上几年，够了结婚年龄再办仪式。她和郭亮还在读书，平时也难得去，便在刘兰英撺掇下索性住了三晚。第一晚还跟郭亮母亲睡，第二晚郭亮就不干了，搬过来陪她。陪也不好好陪，老鼓捣那些让她脸红的事，不过，刘兰英叮嘱过，要矜贵些，不该给的，死活不要给，免得被男人轻贱，越是守得牢把得紧，男人家越是敬你重你。郭永莉向来听刘兰英的话，把郭亮气得险些动粗。郭永莉就有些委屈，又不能哭，就对着墙生闷气。

很久，郭亮说，你知道不，肖恩慧走了。郭永莉没搭茬。郭亮又说，他表舅在丽江开宾馆，去帮忙了。郭永莉半晌才闷闷地问了句，丽江在哪儿，远不？郭亮说，在云南，听说有六千里地呢。飞机也要飞半天。那晚郭亮喝了酒，也没闹，老实得很。丽江，六千里。她嘴里轻声念叨着，用食指在墙上默默写着"丽江"两个字。她听说过九寨沟，听说过神农架，还听说过桂林，可没听过丽江。六千里，有多远呢？她眼前浮现出肖恩慧那张丝瓜脸，那双老是抹搭着的眼睛，又想到那条又老又馋的黄狗。

肖恩慧说老狗生了崽，他真抠搜，一只都舍不得给她。

岗上

郭亮辍了学，跟他爸去烤鸭子。他时常骑着他爸的摩托车来学校。同学们都知道她有个男朋友，卖烤鸭，便有那嘴馋的，时不时托郭永莉买几只，好歹一只能便宜三五块。郭亮就跑得格外勤。郭永莉呢，书读得好不到哪里，也孬不到哪里。老师说，照这成绩，日后读理科的话，上个卫校或专科啥的不成问题。她也没往心里去。从小到大，都是个没主意的人，人家说啥，就是啥，说不是啥，就啥也不是。高二暑假时，在郭亮家里住了些时日。这年闹猪瘟，刘兰英养猪赔了个底掉，郭家知晓了，送来了两万块钱，说是先把饥荒还了。刘兰英就跟郭永莉说，你们定亲也两年了，上你婆婆家住些天吧。

郭家在县城买了两处楼房，有处早已装修好，看来是等着结婚用的。头个晚上，铺的红被罩红床单，连枕套都是艳红色，绣着对小鸳鸯。郭亮有些手忙脚乱，可该做的也都做了。郭永莉倒有些心不在焉，似乎什么都不懂，又什么都懂，也没啥可在乎的，可又觉得女孩最在乎的，瞬息就没了，终归觉得委屈，可话又说回来，委屈个啥呢，村里的女孩都这样，早早找了婆家，吃喝拉撒睡，炕上一条被。她觉得她跟那些女孩不一样，哪里不一样？委实想不明白。该来月事那几天，干干净净的，也没在意，又过了俩月，还是如此，难免有些狐疑，赶上高三月考，日日学得蓬头垢面，姑且放一旁。等肚子渐渐鼓囊起来，先就被刘兰英察觉，忙带她到镇医院检查。医生说是快四个月了。已经立秋，郭永莉骑着自行车，跟刘兰英往家里赶。她懵懂着想，咋整呢，明年春天分娩，夏天就高考，要奶着孩子去考场吗？半路上刘兰英钻到玉米地里小解，钻出来时边系裤腰带边说，丫头，打掉吧，可要跟郭家说声，毕竟是他们家的种。郭永莉咬着牙想，日后再不跟郭亮搞事情了，敢情他舒坦了，却耽搁了自己考试，让他戴避孕套，偏不听。就说，妈，孩子不能要，我才多大，孩子生下来谁养活？刘兰英说，三儿，郭家对咱不薄，于情于理，还是跟郭家念诵声，听话，啊。

当晚将郭亮跟他父母请过来。他们一家听说郭永莉怀了身孕，瞳孔立时变成了灯泡，险些射出光来。还没等刘兰英往下说话，郭亮扑通一声跪在地上，求郭永莉将孩子生下来。郭永莉整个晚上都没说话，大人们却聒噪个不停。郭亮他妈说，翌日起就要保胎了，正是婴儿长脑子的关键时刻，明天就去买些新疆大枣核桃，排骨人参汤是要日日喝的，鸭子呢，先不要吃了，性寒凉。等闺女生了，请专职保姆伺候，断不能委屈辛苦了她。等孩子大些，就给他们操持婚礼，用不着郭永莉家陪嫁，房子、家电、宝马车，统统他们出，还要给郭永莉二十万的彩礼钱。说着说着嘴就咧成朵蜀葵。

全家人只二姐不同意，她说，我妹又不是

生育机器，这么小当妈，一把屎一把尿地拉扯孩子，啥时是个头？你们要真心疼她，赶紧带她去妇幼医院堕胎……话音未落，刘兰英的巴掌就扇了过去，叱喝道，先将你的糟心事料理好！哪里有闲心说三道四！二姐瞥了眼郭永莉，摔门拂袖离开。前些日子，她跟那个染头发的男孩分了手，找了个有家室的出租车司机。

  书是暂且念不了了，只得跟学校办了休学。郭亮隔三岔五往她家跑，钱是舍得的，毕竟一只烤鸭能赚九块钱，大包小包地送，鱼虾牛羊地拎，主人哪里敢嫌弃？见了郭永莉，总是先趴在她小腹上细细地听，还轻声哼着小调，唱给那看不见的孩子听。总之，郭亮很有副做父亲的派头。郭永莉看着他耳朵后面的汗珠，听着他由于蹲蹴而稍显急促的呼吸声，埋怨也就稀淡了，一种园丁培育胎芽的喜悦感暗自涌动着，从心房拱出来。我就要当妈了，这么想着，很快，一股巨大的、沉默的恐惧感攫住了她的心房，让她坐卧不安，听着母猪的哼哼声也心烦，甚至看着清晨猪圈顶上绽放的倭瓜花，也有种欲哭的念头。

挺着肚子的郭永莉时常到村西的高岗上散步。小时候,高岗是片荒地,她老跟肖恩慧郭亮来岗上挖田鼠,岗上还有片密林,他们用粘网粘斑鸠和麻雀。如今高岗上种满红薯,眼瞅着也要刨了。她躺在茂密的红薯秧子上,看着瓦蓝的天空。不时有飞机如儿童玩具般飞过,拉出又细又长的白线,线一截一截断掉,他们常常朝着飞机拉线的方向跑,跑着跑着,飞机就消失在肉眼瞅不到的天尽头,变成一枚白点,融入云层。她揪了片红薯叶子,默默嚼着,怎么就念起了肖恩慧。不晓得他在那个叫丽江的地方活得咋样。还那么瘦吗?吃住得惯?他表舅待他如何?又想到瞎眼奶奶,唯有叹息。

等孩子生下来,正是春暖花开时节。郭家大宴宾客三日,村里人家俱来贺喜。是个男孩,又白嫩又肥胖,特别爱笑。出了月子,阳光好时,她抱着孩子去高岗上晒太阳。郭亮仍跟他父母在县城烤鸭子卖鸭子。郭家没请保姆,她也没去郭家住。婴儿是种多么奇妙的物种啊,话不会说，歌不会唱，饭不会吃，除了拉屎尿尿睡觉，啥都不会，可他们有着神奇的本领，让生养他们的人，甚至是不相干的人，都愿意为他们的睡眠、吃食和排泄焦虑、奔走、失眠。他们哭哭啼啼，他们咿咿呀呀，他们白白胖胖，他们快活如佛。反正郭永莉闹不懂婴儿是咋回事，想到自己也曾经是个婴儿，难免讶异。

高考最后一天，她偷偷抱着孩子坐着公交车去了县城。考场都被警察围圈起来，画了黄线。她抱着孩子在附近转悠，转累了，跑到商场给儿子买玩具。临近晌午，又踅磨着去考场，正赶上散场，学生们乌泱乌泱拥出来，看得她有些眼晕。有个女孩径直朝她走过来，近处才看清，是曾经的同桌。同桌长了口龅牙，人都叫她龇牙龅。见到郭永莉她无疑很开心，见了孩子却是一脸茫然，忙问是谁家的？当初郭永莉只是谎称生病，办了休学手续，没人晓得她是去生孩子。郭永莉支支吾吾地说，这是她弟弟，来县城打疫苗。龇牙龅摸着婴儿的脸颊说，哎，可惜你生了病，不然今年肯定高中，题简单着呢。郭永莉蔫头蔫脑地问她，打算报哪里的大学？龇牙鲍说，她想去沧州念书，都十八岁了，还没出过市呢。郭永莉有些黯然，她不仅没出过市，连邻近的县城都没去过。龇牙鲍摸了摸婴儿的大耳朵，说，看样子你的病也好多了，秋后赶紧返校吧，以前大家老念叨你。哎，你跟肖恩慧，可惜了呢。

郭永莉听到肖恩慧的名字，脑子嗡了下。龇牙鲍又说，哎，你运气比肖恩慧好多了，听说他在丽江当导游，出了车祸，还在昏迷当中呢，也不知道啥时能醒过来。郭永莉闻听此言大惊，忙问，你咋知道？我们一个村的，都没人提起。龇牙鲍说，肖恩慧的表舅，是我们家隔壁的连襟，打电话时提起，有个远方外甥，姓肖，没爹没妈，高中没毕业，奔他去了，在宾馆当服务员，有时也带游客，不承想出了车祸，把他愁死了。你说，不是肖恩慧是谁？郭永莉说，你别瞎说了！要是出了车祸，他奶能不知道？！龇牙鲍说，你傻呀，谁忍心把这话传给一个又老又瞎的人？不说，留个念想，真要说了，老太太还能活？

　　看着眉头紧皱的郭永莉，龇牙龇笑了笑，又说了几句客套话，走了。郭永莉乘公共汽车回了家，也没心思喂娃，刘兰英唤她帮忙去大队交电费，她也不应，只在厢房里枯坐了半晌。思来想去，肖恩慧八成无恙，那么可怜的人，菩萨会怜惜的……干脆抱了孩子佯装在村里转悠，转着转着便到了肖恩慧家。老太太正坐院子里择豆子，眉眼和善，不像是家里出了灾祸的模样，心里踏实了些。正要走，忽听老太太问，是三儿吗？郭永莉屏住呼吸，不敢应声。老太太说，进来吧。郭永莉抱着孩子进了庭院，坐马扎上看她剥豆子。老太太说，你好久没来了呢。听说你结了婚，又生了个大胖儿子？多好的命啊。郭永莉嗯了声，老太太站起来进屋，出来后手里捏着封信，递给她，说，这是恩慧走前留给你的，一直晃不到你面，在我手里都快攥熟了。

　　郭永莉接过信，招呼也没打，抱着孩子跟跟跄跄出了庭院，寻了块干净石头坐下，将信拆开，只有张白纸，称呼也没有，白纸中央有一行字：三儿，等你考上了大学，来丽江玩。

这么简单的几个字，却让郭永莉打了个寒噤。她又从头到尾看了几遍，这才将信撕成碎片，随手扔了。

到了八月，郭亮回村里时，郭永莉跟他念叨，她想去接着读高三。郭亮的眉毛惊得险些掉下来，问道，你说啥？郭永莉说，你耳朵聋吗？孩子也生下来了，我想接着念书。郭亮哈哈大笑起来，说，你去念书，儿子咋整？这还没断奶呢。郭永莉说，你妈当初不是说要请保姆的吗？郭亮问，你要考上大学咋整？郭永莉想了想，说，考上就读。郭亮问，然后呢。郭永莉说，毕业了就跟你结婚。郭亮说，你说的可是真话？郭永莉说，我跟你连孩子都有了，为啥说假话？郭亮说，我先跟我爸妈商量下。郭永莉说，不管他们同意还是不同意，我都铁了心去读。郭亮冷冷地瞥了她两眼，又哼两声，将儿子抱了过去。

不承想郭家对她去念书的事倒是欣然应

允，反倒是刘兰英颇为震怒。她骂道，不知好歹的玩意！念书有屁用，毕业了不也是到企业打工，就是考上了，也没钱给你交学费！

郭永莉只是埋头整理行李，将书一包包用麻绳捆好。

丽江

她比谁都能吃苦。班里的同学也不认识谁，同学们对这位插班生也不感兴趣，她只管趸趸磨磨地读书。婆婆还真找了个保姆，保姆没有奶水，每天早中晚，她都要跑到楼房给孩子喂奶。奶水本也不多，郭亮就托人从香港买奶粉。闻听奶粉的价格，她委实吓了一跳。跳也白跳，她也没钱，只是听说店里烤鸭的价格涨了两块。

她体验到了一种从来没有体验过的……快乐。学校晚上十点半准时熄灯，她睡不着，点了蜡烛在教室做题，被巡查的发现，将她训了一顿，后来，她干脆猫被窝里打着手电筒背英语单词。期中考试，她考了班级第十九名。到了期末，她考了全年级第十一名。浑身总有使不完的劲，日日跑三趟郭家，将肿胀的奶头塞进嗷嗷哭闹的孩子嘴里。不过她很少留宿，她骗郭亮说，宿管每日都查寝，要是被发现夜不归宿，是要挨处分的。郭亮斜着眼瞥她，问，老王还在当保安吗？你提防些。郭永莉说，他天天喝酒，早被教务处开除了。郭亮说，哎，不知道肖恩慧咋样了，真是对不住他。

她也没言语。

有天傍晚，她老是心神不定，似乎听到婴孩的哭声，她悄悄地走出教室，在昏黑的走廊里，她看到郭亮抱着孩子木桩般站在那里。孩子在哭，不过声音很小，像是猫崽的哼唧声。她才猛然想起，课外活动加上数学周测，忘了回去给孩子喂奶。郭亮明显有些恼，绷着脸，将孩子塞给她。她慌里慌张地看了看四周，这才扒开衣襟给孩子吃奶。郭亮说，别念了，咱回去吧，念书有个屁用，公务员也没有我卖烤鸭赚得多。郭永莉不说话，警惕地瞄了瞄走廊尽头,那厢传来高跟鞋的声音,肯定是老师们来讲题了。郭亮说,你是聋子吗,没听到我说话吗?!郭永莉忙堵住他的嘴巴,将散发着鸭油味的牢骚按下去。郭亮一把抢过孩子,说,不想过就别过了!我找啥样的女人找不到!郭永莉战战兢兢地抻了抻他衣角,郭亮掸掉她的手,抱着孩子走了。他越来越胖,又有些猫腰,不过十八九的年岁,从背影看竟像是位老人。孩子没吃饱,哇啦哇啦地号哭着,哭得她心烦意乱,又怕被别人瞧见,小跑着进了教室,坐在座位上,一个字都看不进去。她感觉自己正走在一条幽深狭长的隧道里,隧道里只有微微了了的光,她蹑手蹑脚地往前走,却不晓得要走到哪里,何时又走到尽头。

开春时,模拟考试一轮接一轮,她的成绩也像涑河的春水一天天地涨。一模的时候,她竟考了全年级第五,按这个成绩,是能上211大学的。老师们对这个木讷寡言的学生充满了好奇,长得矮矮瘦瘦,脑瓜竟还灵光。他们这所高中,本来就是所普通中学,升学率不高,对成绩好点的学生，要格外照顾，前二十名的，各科教师都要开小灶。小灶是开了，这一日三次喂奶的时间，便又被缩减了。为了节省时间，她央求郭亮给她买辆电动车。郭亮说，你自己的事，你自己解决吧，我没那闲钱。她也就作罢，毕竟这世上，除了割肉疼，就是掏钱疼。反正春天到了，阳光酥痒得很，空气里满是黄刺玫的香气，她的腿脚伶俐许多。

有天晚上，郭亮来找她，说孩子发烧了，让她回去照看一晚。她就偷偷回了家。孩子的烧已经退了，不过小脸仍是通红，时不时手脚抽搐。她将孩子紧紧抱在怀里，想，当初自己多傻，稀里糊涂把他生出来，又不能好好照看他，鼻子一酸，眼泪就落孩子脸上。她向来是个别人说啥是啥的人，天生不知道"主意"两个字咋写，耳朵软，每走一步，似乎都是听别人吆喝，仿佛一头蒙着眼罩的驴子，当初要是铁了心堕胎，哪里有如今的委屈？郭亮面子活做得好，日后若真要结了婚，不见得是如何的模样，这才几天啊，天天甩脸子。又念起前些年，一起骑着自行车上学的日子，竟恍若旧梦。我说啥也要读大学，她用酒精棉球擦拭着孩子的耳朵，想，大不了，我抱着儿子去读。

这天气一天比一天热，教室里别说空调，连吊扇都没有。大腿和胸腹生了一层层痱子，痒得很，抹了痱子粉，还是一层一层地胡生。那天正在做化学真题，忽就身旁矗了个人，挑眼去看，却是郭亮。郭亮手里拿个空尿素袋子，先是甩地板上，随即将她书桌上的卷子、课本抱起，一股脑往里塞。郭永莉怔怔地看他，脑子里却还在想着化学公式，不知道他这是要啥么蛾子。郭亮又将她手中的试卷抢过来，揉巴揉巴扔了。她这才反应过来，颤声问道，你想干啥？你这是在干啥？郭亮大声道，走，回家！他的声音很响亮，也很板正，仿佛播音员在字正腔圆地播音。回去！不念了！郭亮扯着嗓子喊，别他妈给脸不要！边喊边继续往尿素袋子里塞书。

教室里的同学都放下手中的笔，好奇地伸着脖颈朝这厢张望。郭永莉的脸颊涨成猪肝色，蹲伏下去，将袋子中的书一本本往外掏。郭亮一脚将她踹倒在地。这时同学们都围圈过来，大声质问着他为何打人，又有旁的同学去喊班主任。郭永莉从地上爬起来，死死地盯着郭亮。郭亮将她所有的书和卷子全卷进袋子，掏出条铁丝，扎紧袋口，押着往外走。郭永莉的下嘴唇被她咬出了血珠子。从小到大，还从来没有这般丢过人。

就这么着回了家。班主任寻过几次，都被郭亮赶跑了，去找刘兰英，刘兰英不养猪了，开始养貉子。庭院里散发着尿骚气。她听班主任讲明来意，这才说，郭永莉早就是郭亮家的人了，嫁出去的闺女泼出去的水，她不好掺和，也不好撕破脸，小两口的事情，就让他们自己看着办吧。班主任怏怏回了，又拜托校长来找郭亮。郭亮倒是挺给校长面子，给校长沏茶点烟，说是郭永莉当了母亲，就要尽当母亲的义务，哪里有当妈的不给婴孩喂奶的道理呢？哪里有当老婆的不跟男人睡一张床的呢？校长被他说得一愣一愣的，瞅了瞅郭永莉怀里的孩子，叹息两声，只得撤了。临走前，郭亮给校长拎了两只烤鸭，说，以后去我们店里买熟食，我给您打五折啊。

郭永莉整日神情恍惚。她显然是被郭亮唬住了。她从未想到过，一个白净的胖子有这么大脾气。白天侍弄孩子，晚上还要伺候郭亮。郭亮花样更迭，每每让她羞愧，觉得被羞辱了般，将他推下身，他就更兴奋难耐，攥按住她的手，将夜晚变得更为漫长。他佯装变得蛮横起来，或许他知道只是暂时将郭永莉的气焰灭了，若是不压住，哪天郭永莉心头的火再烧起来，可就是大麻烦了。每次离家前，郭亮先将菜买好，将房门反锁，这才去烤鸭店。保姆手艺不错，原先是饭店的面点师傅，烙饼、蒸饺、甜点、馅饼样样拿手，郭永莉很快就胖了一圈。她也不再跟郭亮提高考的事，还有半个多月就到日子了，这样子，也没法进考场。她每日傻吃蒙睡，眼看赶上以前刘兰英养的约克猪了。郭亮对她的看管放松了些，允许她抱着孩子到烤鸭店里逛一逛。郭永莉站在店门口，抱着孩子看那路上的行人。她目光呆滞，少言寡语，渐渐地连走路都稍显迟缓。

刘兰英探望过她两次，见了她，老觉得哪里不对劲，就跟郭亮说，小两口过日子，可不能动手，胆敢欺负我闺女，我饶不了你！郭亮对刘兰英颇为忌惮，他见过刘兰英骟猪，晓得这老女人手黑得很。刘兰英又对郭亮母亲说，要把郭永莉接到村里住些日子，郭永莉性子拧得很，要是想不开，有啥三长两短，孩子不就成孤儿了？郭亮父亲便亲自开车，将刘兰英和郭永莉母子送了回去。

郭永莉呢，一直在娘家住到六月初，期间她偷偷跑到镇上的高中，跟在那里复读的老同学借三模的试卷。同学大概也闻听了她的事，安慰她说，反正高考早就报了名，实在不行，直接去考试，看他能把你怎样！还能杀了你不成！郭永莉只是嘟囔着道谢，并没有理会同学的话。她没体检，也没领准考证，考啥呢。六月中旬，郭亮将她接回县城。他看来是彻底放心了，高考结束，郭永莉也没要闹，一切都很好，像他预料的那么好,他得意地抽着烟,摸着郭永莉的手说,我们去商场逛逛吧?给你买几条裙子。郭永莉慢吞吞地说,有啥逛的,下午去妇幼医院给孩子打疫苗。

没想到医院的婴儿那么多,鬼哭狼嚎的,郭永莉怏怏跟保姆说,太热了,我去商店买瓶水,你先排队。等她出了医院,正好有辆车停靠在路边。那是通往北京的长途汽车。大抵出了点小故障,司机趴在车轱辘下修理,郭永莉怔怔地在旁边看他拿钳子东敲西敲的,鼓捣了很久。等司机爬出来,看着郭永莉站在一旁,以为是旅客在看热闹,就说,弄好了,赶紧上车吧!郭永莉问,啥?司机说,快上车吧,热死人的。郭永莉犹豫着被他推上了车。车上的旅客并不多,午后的阳光和热风把他们都催眠了。除了发动机的声音,听不到旁的动静。

郭永莉挑了个靠窗的位子,呆呆地想,为啥要上这辆长途车呢?孩子跟保姆还在医院,疫苗还没有打呢,想到这里,她趔趔趄趄地走到车门处,不承想哐当一声,门就关上了,司机皱着眉头说,你瞎跑啥?还不赶紧坐好!前几天有个老太磕破了头,跟我们要了两千块的医药费!这世道!郭永莉支支吾吾地说,我……我……我不是……坐在前排小憩的售票员忽然苏醒过来,她望着郭永莉说,咦,你刚上来的吧?赶紧买票。郭永莉掏了掏裤兜,裤兜里有四百块钱,是郭亮让她买裙子的。售票员翻着白眼说,你没有零钱吗?郭永莉又摸了摸上衣,掏出五十块钱。售票员一把夺过,又找了她十块。郭永莉弱弱地问,终点站是哪儿?售票员说,北京四惠!郭永莉问,四惠有火车吗?售票员说,有地铁,想去哪个火车站都行。郭永莉又问,有直达丽江的火车吗?售票员明显被她问得有些不耐烦了,说,不知道!郭永莉低声哦了声,自言自语道,那咋样才能到丽江呢?

　　这时司机师傅戴上墨镜,嚼着口香糖说,妹子啊,想去丽江?简单得很,从北京坐火车,一天一宿就到了。郭永莉望着窗外一闪而逝的白杨树,没有吭声。师傅就说,怕啥呢?买张卧铺票，睡醒了，就到了。哎，你们这些孩子啊，总是没耐心，老嫌时间过得太慢。

阁楼

很长一段时间，饭馆的人都寻思郭永莉是个哑巴。勤快是勤快的，手脚不识闲，忙完了，低眉耷眼缩在一角，等有人大声呼喊她的名字，她才激灵下，仿佛梦中惊醒般。闲来无事，她便和郝丽梅偷溜到门口，郝丽梅点着支中南海，大口大口地抽，仿若濒死的人在贪婪地呼吸，她则靠着墙壁看着郝丽梅发呆，间或贼眉鼠眼地往店里瞄两眼。郝丽梅抽完烟，朝她使个眼色，两人便一前一后踅进。在外人看来，她像是郝丽梅的跟班。郝丽梅颧骨高，唇线长，手骨节比男人的大，油亮的短发摸上去像是老刺猬的棘刺。只不过说话时，一双眼眯成线，瞳孔被硬生生挤碎，闪出恍惚流离的光。

这家小饭馆跟某知名大学隔了条马路，主营烤鱼，生意倒也红火。老板给他们租住的房子就在饭馆后边的胡同里。她和郝丽梅住阁楼，没有床，铺了张海绵垫，躺久了腰酸肉疼。也没有空调和电风扇，郝丽梅买了两把折扇，通常一边赌气地扇着，一边絮叨着家长里短。郭永莉这才知道，她攒的钱大部分都寄回家里，将来好给弟弟盖婚房。郭永莉听不出她话里的埋怨，相反，倒透露出一种难以自抑的得意。她的男朋友，就在马路对面的那所大学读金融。说着说着她打起哈欠，翻个身的空，呼噜声便嘹亮起来。窗外的蝉不死不活叫着，郭永莉睁着眼，看着黑魆魆的墙角，恍惚间便听到孩子的哭闹声。

让她惊讶的是，自己已然忘了孩子的模样，只有郭亮的大脑袋时不时于黑幕中浮现。他们肯定到派出所报了案，在电视台循环播放着寻人启事，不出意外，汽车站旁的电线杆上、人劳局的招聘栏里也贴满了她的照片。如今，她和他们被密密匝匝的高楼大厦隔开，他们看不到她，她也不想再看到他们。那天，当她走出四惠长途汽车站顺着台阶迈上天桥时，巨大的声浪险些让她崩溃。她心里明白,不可能去丽江的。想到丽江,肖恩慧的脸便从天桥下的车流中朝她张望。她看不清,禁不住扶住栏杆将身子微探出去。随着一辆接一辆的轿车飞驰,肖恩慧的那张脸被碾碎了,脸颊上满是汽车轮胎的印痕。她噙住泪,压着自己的胸口,不让自己哭出声息。

每个月,郝丽梅有那么几天在外面留宿。不用猜,肯定是跟男友出去了。她攒的那点钱,除了给家里,大部分都花在男友身上。她自己呢,倒舍不得乱花一分。她爱吃糖炒栗子,每次路过栗子店,都要犹豫良久才支支吾吾地跟店家讲,要三十颗,三十颗哦。十颗分给郭永莉,剩下的她直接灌进裤兜,也不用纸裹一裹,她讪笑着说,草纸最吸油和糖呢。她吃栗子的模样多年后郭永莉也忘不了:随着嘎嘣嘎嘣的脆响,栗子皮被完整地吐出来,全然看不出没了果肉。那时郭永莉觉得,这个女孩真不简单。

每次郝丽梅外出,都要凌晨才回来,然后

蹑手蹑脚地爬到阁楼。郭永莉能听到她轻轻褪掉衣服的窸窣声。她浑身散发着一种奇异的味道。不久,天光缓缓爬上她的脸。郭永莉侧身盯着她,看光线从她的乳房浮游到她的下颌,再从下颌攀到嘴角。她的嘴角上翘,让她黑瘦的脸庞有种油画般的明朗。她没有心事吗?她会和男朋友结婚吗?恍惚听她念诵过,其实她想跟她姑姑一样,当名企业会计,每天在财务室喝喝茶,做做账,既体面,薪水又高……一想到这些,郭永莉总是有些难过。她搞不清楚,自己为什么会难过。从前是头蒙了眼罩的驴子被人牵着走,倒也省心,如今牵绳子的人没了,眼罩也摘了,却委实不知道往哪里走。

亏得有郝丽梅。她来北京的时间比郭永莉长,去过故宫和颐和园。她是那种永远对名胜古迹充满了好奇心的女孩,哪怕每个礼拜只有半天休息时间,她还是拽着郭永莉爬了长城,去动物园看了蟒蛇和孔雀,到雍和宫烧了香,还去延庆游了青龙峡。"十一"期间,她又拽着郭永莉去香山看红叶。同行的还有郝丽梅的男友岑亚楠。

那是第一次见到岑亚楠。朴素得很,脸红扑扑的,穿着双布鞋。岑亚楠不是个话多的人,只朝她咧嘴笑了笑。他满嘴的四环素牙。郭永莉便隐约有些失望,觉得他长得有些太老相,配不上郝丽梅。不过郝丽梅可不这么想,她蹦来跳去的像只春天的花栗鼠,一会儿往他嘴里塞栗子,一会儿抱着他胳膊假装荡秋千,即便有游客朝他们这厢张望,她也只是咯咯笑。她像一团总也灭不了的火,没有灰烬和影子的火。待在她身边,郭永莉觉得自己也是暖和的。那天傍晚他们在小吃店吃的卤煮和包子。岑亚楠嘴巴小,包子却一口一个,看得郭永莉有些眼晕,等筷子冷不丁掉地上俯身去捡,便听身后有人说,×,这酸豆汁也忒难喝了!她的身子立马僵住,半晌动弹不得,竖了耳细听,那人又埋怨道,天斗(气)也乇古,比家里冷忒多。她勉强直起腰身,猛地将凳子往前拽了拽。郝丽梅问,咋了你?小脸煞白煞白的。她抓起张餐巾纸擦了擦嘴角,没吭声。

听身后那人说话的口音，明显是桃源县的人，不仅如此，声线跟郭亮还有些像，咬字重，声音却含混，仿佛嘴里随时含着块糖。她没敢吭声，也没敢回头，直到那人离开，才颤抖着对郝丽梅说，走吧，我们赶紧回。岑亚楠一直盯着她看，半晌指了指自己的嘴角，闷声闷气地说，菜叶。她嗯了声，却没动。郝丽梅似乎察觉出她的异样，凑到她耳边问，咋？来事了？她羞涩地摇了摇头，又瞄了瞄岑亚楠。

那晚，郝丽梅没回阁楼。她没睡着。

郝丽梅是个好干净的人，空闲时最喜欢洗衣裳。不光洗她自己的，洗岑亚楠的，连郭永莉的也一起洗。虽说是阁楼，也只七八平方米的样子，没有阳台，只能在窗前抻了条绳子，拴在钉子上，免得水滴落地板革上，下面通常会接连摆放三五个洗脸盆，花花绿绿盛大得很。入了冬，没有拧干的水就冻成了细长的冰锥。那件郝丽梅最喜欢的桃红色羊绒大衣让她很是懊恼，嘀咕着说，咋起了这么多球？唉，该去干洗的。

腊月二十三，郝丽梅也正是穿了这件羊绒大衣，拉着郭永莉去的大红门批发市场。公交车上人很多，渐渐两个人就被挤散，郭永莉正打着瞌睡，忽听到声尖叫。她慌忙着起身探头，就见一团红影跟一团黑影纠缠扭打在一起，耳畔回荡着郝丽梅的喊声，臭流氓！打死你！臭流氓！打死你！郭永莉挤过去，屏气站在郝丽梅身旁。公共汽车也停下，围观的乘客才明白是如何一回事。原来是个中年男人不停用下体蹭郝丽梅后腰。郝丽梅将那男人骑在身下，不停扇着他耳光，边扇边喊，臭不要脸的！老娘就这么件好衣裳，还被你糟蹋了！

那人好不容易挣脱开，捂着脸仓皇逃走。两人也下了车。郝丽梅的眼眶有些湿，不停嘟囔，是亚楠给我买的呢，是亚楠给我买的呢。郭永莉便安慰她说，快过年了，我送你件羽绒服吧。郝丽梅梗着脖子说，不用！别乱花钱，又说，你记住了，永莉，对坏人千万不能手软。郭永莉想了想，这辈子好像还没有遇到过坏人，不过还是郑重地点了点头。郝丽梅似乎处于一种莫名的亢奋中，也许公交车上的遭遇让她的神经过于紧张。这种亢奋一直持续到晚上。

这天客人尤多，其中有一桌大概喝高了，结账的男人摇摇晃晃过来。恰巧吧台妹子出去如厕，托郭永莉帮忙收账。总共是二百四十六元，男人打着嗝说，二百三，二百三。郭永莉忙说，店里没有打折的规矩。男人蹙着眉头骂道，你傻×啊！把你们老板喊来！郭永莉小声说道，老板不在。男人咧嘴笑了笑，说，那你把剩下的钱找给我。

郭永莉有些发蒙，盯着男人不知所措。男人说，我给了你三百，你不该找我五十四块吗？郭永莉支吾着说，先生，您还没付款呢。男人拍了拍桌子嚷道，你还讲理不！我明明付了三百块钱！怎么睁眼说瞎话！想私吞啊！他这一闹，那桌酒友们便围圈过来，酒气熏天，朝着郭永莉大声叱责。郭永莉满面通红一时语塞，这时郝丽梅背着手走过来，慢条斯理地说，大哥，吃霸王餐也没你这种吃法，太难看。我一直旁边站着，啥都看得一清二楚。您哪，可是一毛没拨呢。

男人扫了郝丽梅两眼，忽就抬手扇了她一记耳光，郝丽梅想也没想，反抽了男人一记耳光，嘴里还骂着，吃不起饭去吃屎！欺负我们打工的乡下人，算什么男人！众人都愣住，男人似乎也清醒些，铁青着脸掏出钱，啪地拍到桌上，又死死盯了郝丽梅半晌，这才挥了挥手，连同那桌人闪出了屋。郭永莉和另外几位服务员呆呆地望着郝丽梅，郝丽梅笑了笑说，看啥看？我这件羽绒服是不是很漂亮？是永莉送我的新年礼物哦。

下班后，郝丽梅说出去趟。郭永莉晓得她是去会岑亚楠，也没多嘴。那晚郝丽梅没回阁楼，她也没往旁处多想。第二天上午十点，才到饭馆不久，老板便接到电话。什么？老板的声音颤抖起来，没错，郝丽梅是我们饭店的，啥？死了？咋可能！昨晚还端盘子呢！我不认得她家人！我们小饭馆的服务员，都属苍蝇的，四处飞来飞去……

郭永莉两三天没睡着觉。听饭馆里的人说，

郝丽梅是横穿马路时被辆黑色桑塔纳撞死的，车主逃逸，她男友眼睛近视，也没看清车牌号。派出所通知郝丽梅的家人去认尸。是她父亲去的，一个罗锅，没有灶台高，满嘴鸟语。郭永莉将郝丽梅的衣裳一件件叠好，小心翼翼地装进空尿素袋，专等着她父亲来拿，等了几日也没动静。后来又听人说，郝丽梅父亲抱着骨灰盒坐着绿皮火车回家了。

郭永莉没流一滴眼泪。有天深夜，一丝睡意也没有，随口便说，丽梅，我睡不着，可咋整？数绵羊也不好使呢。说完她马上意识到什么，环视着屋内。黑乎乎的，只听到风从窗隙吹进来的细小呜咽声。她打开灯，将衣橱里的那件桃红色羊绒大衣摘下来。她记得，这件衣服郝丽梅本来是要扔掉的，郭永莉劝她说，个败家娘们，洗洗不就干净了？郝丽梅将香烟捻灭，说，我明明知道脏了啊，别扭。恰巧赶着去上班，郭永莉手忙脚乱地将大衣重新挂进衣橱……她将衣服平铺在海绵垫上，用湿毛巾将秽物痕迹擦了又擦，拿熨斗将褶皱熨平，仔细叠好，坐着发愣。腿麻了才起身，却发现地板上有张卡片，捡起来，却是郝丽梅的身份证。身份证上的郝丽梅看不出长得黑还是白，头发翘着，一双眼朝她眨呀眨的。郭永莉鼻子猛地一酸，起初只是短促地、时断时续地抽泣，后来便是大滴大滴地落泪，怕楼下的同事听到，手死死封住嘴巴。窗外黑魆魆的，百鬼夜行，连只麻雀的影子都没有。

那天下班出门，便看到岑亚楠矗电线杆下。见到郭永莉时他木木地晃过来，没待郭永莉说话便拽着她胳膊抽噎。郭永莉半晌没动弹，后来见他哭累了，才喏嚅着说，会好的，会好的。岑亚楠点着头，却仍哭个不停，好不容易停住，才说，都怪我，都怪我，去北海公园玩，回来晚了，在学校门口碰到巡逻的，要查暂住证，她便慌了，小跑起来……不过，我后来想了想，那辆黑色轿车，好像一直跟着我俩……都怪我懒，眼镜坏了也没修……都怪我……都怪我……郭永莉蹑手蹑脚走过去，犹豫着拍了拍他肩膀。岑亚楠一把抱住她，喃喃道，你不知道，她怀孕了……法医说的……郭永莉身子晃了晃。岑亚楠说，估计她自己也不知道吧……大大咧咧的，假小子似的……从初中就那个傻样儿……

郭永莉咬着嘴唇问，派出所那边，有线索了没？

岑亚楠又抽泣了半晌，才说，没。

过年时，岑亚楠也没有回家。他邀请她吃老北京菜。他本壮实得很，如今却缩了半圈，一口四环素牙更黑更黄。郭永莉有些心疼他，却委实不晓得该如何劝慰，只得偷偷结了账。岑亚楠似乎很是恼怒，非吵嚷着将饭钱给她，推搡间手就碰到了她的胸部。两人都呆住。岑亚楠结结巴巴地道着歉，郭永莉说，我那里，还有她很多衣裳，要不，你去阁楼拿一下？

房子里难得地安静。岑亚楠随郭永莉上了楼。她将那个鼓鼓囊囊的尿素袋子从衣橱里拽出，弯腰推至岑亚楠腿边。岑亚楠呢，只是面无表情地看着窗外。窗外间或传来鞭炮声和孩子们的喧闹声。她便说，不想留的话，你给个住址，我邮到丽梅家里。岑亚楠不言语，径直躺到海绵垫上，双臂枕在脑后。郭永莉问，喝水吗？岑亚楠嘟囔道，不。郭永莉问，为啥不回家过年？岑亚楠说，我得留在这儿，陪她。她一个人，多孤单呢，她可最好热闹。郭永莉心头一紧，郝丽梅死了不过七天，按照老家的风俗，这日恰巧是头七，便说，要不，我们上街烧些纸钱？岑亚楠哽咽着说，人死如灯灭，收不到的。

郭永莉不晓得如何接话。岑亚楠缓缓搂住了她的腰身，她没有躲闪。后来，两个人肩靠肩躺着。岑亚楠说，我和丽梅早商量好，一毕业就结婚的。郭永莉嗯了声。岑亚楠说，我们从初中就是同学，她不爱学习，淘得很，我来北京上学，她非跟着来打工。郭永莉嗯了声。岑亚楠说，你信命吗？郭永莉嗯了声，随即又说，不信。岑亚楠说，你为啥出来打工？在老家多好。郭永莉没有回答，而是问，你们学校有会计专业吗？岑亚楠说，有啊。郭永莉问，能蹭课吗？岑亚楠说，当然。郭永莉一把攥住他的手,说,我想参加自学考试。岑亚楠反手攥住她纤细的手腕,翻身将她压身底下。她没有动,他也没有动。半晌,他叹息着翻身下来。

郭永莉又听到了断断续续的哽咽声,她将头扭向窗外,一大朵烟花恰巧从楼隙间升腾起来,只是屋檐太低,又有衣物遮掩,她没看到烟花是如何在黑夜中裂碎的。她想起往常家里过年,都是她负责串亲戚,二姐负责放鞭炮。她呢,跟大姐、爸妈远远站檐下捂着耳朵张望。那年,落下的火焰怎么将麦秸垛点燃了,熊熊大火将天空都映亮,整个村子的人都慌里慌张地来灭火,大姐不慎摔了一跤,磕掉了半颗门牙……

筒子楼

郭永莉是在考点认识的宋佳欣。考完一科,郭永莉在厕所门口看到个女孩东张西望,难免多瞅了两眼。女孩便迈着小碎步过来,轻声问,我来事了……你有卫生巾没?郭永莉摇摇头,窸窸窣窣从包里拽出包纸巾。饭店最不缺的就是餐巾纸。中午,考生都聚集在校门口的小吃店。郭永莉到了家拉面馆,只见人头攒动闹语喧腾,哪里还有空座。才想去旁边的饺子馆,便看到个女孩站起来,倾着上身朝她拼命招手。

女孩就是宋佳欣,她是个自来熟,不光给郭永莉点了面,还点了烤串和酸奶。很快郭永莉便晓得了她的名字,不光晓得了她的名字,还晓得她是青岛人,目前在酒店做服务员。她父亲呢,是个渔民,哥哥叫宋德明,在朝阳区一家鲁菜馆当大厨。郭永莉不时颔首微笑。后来宋佳欣说得有些疲累,这才漫不经心地问,呀,倒是忘了问,你叫啥名字?

郭永莉说,我叫郝丽梅。

宋佳欣问,老家哪儿的?郭永莉说,安阳。

宋佳欣又问了些有的没的,她问啥,郭永莉答啥,一个多余的字也没有。宋佳欣似乎看出她谈性不高,索性闭了嘴。闭了嘴的宋佳欣娴静漂亮,一双丹凤眼显得羞涩明亮。

考完这一科,就能拿到专科毕业证了。她

忘了这三年是如何熬过来的。但凡得闲，便去岑亚楠他们学校蹭课，下了班，就猫在阁楼读书。岑亚楠呢，倒极少联系。他找过她几次，要么请她吃饭，要么邀她游玩，都被她婉言推辞了。她知道，他可能对她有点意思，不过，这点意思到底是源于对郝丽梅的念想，还是源自本心，她倒搞不清楚。她也不想搞清楚。最好的选择，大概就是慢慢断掉往来吧，反正两人委实也没啥，除了除夕夜晚的拥抱，他们连手都没牵过。后来岑亚楠便不再找她，只是到了郝丽梅忌日那天，会给她发个短信。她通常也不回复，买些草纸，夜深人静时偷偷寻个马路岔口，一张一张地烧，看着黄色草纸被火舌吞成黑色灰烬，看着黑色灰烬被疾风旋走，她心里觉得无比踏实。一晃离家五年了，这五年来，她很少想到家人。想到郭亮时，只闻到一缕两缕松果烤鸭的香味。那个在她怀里蠕动的婴儿该上幼儿园中班了吧？他长得像郭亮，还是像自己？一个没妈的野孩子……想到他肥胖的小脚小手，想到他吃奶时的贪婪小嘴，她的心脏难免会抽搐不已。

没想到在学校门口,她又碰到了宋佳欣。宋佳欣笑着跑过来,说,好巧啊,我哥待会儿来接我,你住哪儿?让他送你回去。郭永莉忙说不用了,我住海淀黄庄那边。宋佳欣哇了声,说,好巧啊!我住万柳,离得真近呢。不一会儿宋德明开着辆掉漆的夏利来了。第一眼看到他,郭永莉暗暗吃了一惊。他长得太像肖恩慧了,丝瓜瓢子脸,债主单眼皮,只是看着比肖恩慧老,眼角处多雕了几丝皱纹。宋德明见到她也没问啥,只说赶紧上车。也许,对于妹妹的诸多闺蜜,他早习以为常了吧。

先送的宋佳欣,后送的郭永莉。郭永莉下车时,宋德明说,你手机号多少?我那妹妹,可不让我省心,日后有啥事,少不了麻烦你。郭永莉说,佳欣是多可爱的女孩啊,有啥不省心的?宋德明说,嘻,一个字,傻。

没想到翌日傍晚便接到了宋德明的电话。他问,丽梅啊,你吃猪大肠吗?郭永莉说,吃呀,逢年过节,我爸都会做一道焦熘大肠呢。

宋德明说，太好了！我才做了九转大肠，给你来份？郭永莉没吭声。认识不过一天，他委实有点吓到她了。宋德明说，没别的意思，这道菜以前是用微火炒，讲究酸甜香咸，我做了点改良，味道偏辣——你得意辣口不？郭永莉说，大老远的瞎跑啥，谢谢你昨天送我回来，改天请你们吃麻辣烫。她没说"你"，而是强调的"你们"。宋德明叹了口气说，倒不麻烦，是佳欣想吃，我多炒了份儿，才给佳欣送过去，这不顺路嘛，给你也捎份儿。这时后厨催着上菜，郭永莉慌忙道了声谢谢，挂了电话。

第二天临下班前，听到门口有人大声喊着什么，并未留意，后来有个服务员说，真是见了鬼，丽梅都死这么久了，咋还有人在外面叫魂呢？郭永莉打个冷战，三步并作两步出去，却见宋佳欣正梗着脖子叫嚷，忙将她拽到角落，问，你咋来了？边说边逡巡着四周。宋佳欣一把掸掉她的手，问，你慌个啥？我下班了，闲得无聊，想找你去吃消夜呢。郭永莉这才长舒口气，说，想吃啥？我请你。宋佳欣懒洋洋地说，我想吃小龙虾，我想吃好多好多小龙虾。

那晚郭永莉彻夜未眠，晨起便跑到饭馆，跟老板辞了职。阁楼是不能住了，又忙着找房，找来找去，在回龙观寻了处筒子楼。搬家那天，她扔了很多衣裳，可郝丽梅的那袋衣服却没舍得丢。搬完家又立马销了手机号。2004年时，她就去了趟郝丽梅的老家安阳，在派出所换了第二代身份证。她也搞不明白，郝丽梅的家人为何一直没有注销户口。无论如何，无人知晓那个叫"郭永莉"的县城女孩死去了，而早已化成灰烬的女孩"郝丽梅"，又在京城的茫茫人海中诞生。

工作倒是好找，不消几日，便去了家川菜馆当服务员。日子变得更为乏味，除了端菜便是读书。她报考了本科自学考试。这一天，跟剩下的所有"这一天"，并没什么不同，就像一个老人的影子，不会再蜷缩，也不会再膨胀。郭永莉觉得对她来讲，日子无非一个字，熬。她长期处于一种惶恐中，仿佛被判了死刑的犯人，无比焦灼地等待着行刑日的来临。她跟这个世界彻底失联了,那些她认识的人,认识她的人,都被缓缓吸入到肉眼看不到的二维空间,匿身于只有长和宽的世界。可是安全感并没有随着那些人的消失而变得牢固,相反,她老感觉到有只看不见的、浑身冒着血腥气的巨兽在缓缓朝她逼近。她不知道那头巨兽是什么东西,不过她能闻到它腌臜的气味,听到它巨爪抓挠的声响……这种不祥感常常让她失眠,导致她次日总是带着浓重的黑眼圈去饭馆上班。即便如此,她还是胖了些,让她惊讶的是,个子也高了些。有一天她望着镜子里的自己,都不敢认了。这是个丰腴得并不过分的女人,眼神空洞,贴皮短发犹如刺猬棘刺,当她咧开嘴巴,她仿佛看到了郝丽梅正在朝她心不在焉地微笑。没错,除了眼神,她跟郝丽梅越来越像。她诺诺着想,其实郝丽梅并没有抵达另一个世界,她的魂灵跟自己的魂灵住在同一具躯壳里,只不过她的魂灵一直在睡觉,没有打扰自己;没准,是她一直都醒着,自己在沉睡,镜中的自己,原本就是她。

一晃三年过去，她拿到了本科毕业证。她发现，没有比考试更容易更纯粹的事了。那是北京奥运会的第二年，世界似乎更喧闹，一派欣欣向荣的景象。她揣着毕业证去了几家规模很小的私营企业，可并没有被聘用。那些公司的财务人员，不是海龟的留学生便是985的高才生，她的文凭在旁人看来，简直是既可疑又可笑。癞蛤蟆想吃天鹅肉，她难免自嘲。吃了几次闭门羹，便想开了，继续在饭馆打工。三更半夜睡不着，又蠢蠢欲动，想报考中央财经大学的研究生。没了绳子和眼罩的驴子豁然开朗，已然知道走哪条路。路都是没有尽头的，唯有没有尽头的路，才让人心生念想。

五一劳动节时，北京已是盛夏，劳累一天，浑身黏糊糊的，快要下班时，又来了拨客人，明显是来旅游的。上菜时有位顾客不时瞄她，瞄来瞄去似乎再也憋不住，一把抓住她胳膊大声道，郭永莉！郭永莉！你是郭永莉吗？！

郭永莉？多熟悉的名字啊。她怔怔地看着那人。是个妇女，黄脸庞，头发油腻，看着面熟，却愣是想不起。女人惊喜地喊道，天哪，真的是你！只瞥了你一眼，我就知道是你！天哪！原来你在北京！原来你还活着！说罢上上下下打量着她。她木木地盯着女人说，对不起，您认错人了。女人见她神色冷淡，又一口标准的普通话，顷刻间便有些委顿，喃喃道，咋这么像呢……哎，又不太像。讪讪着撒开她胳膊，视线却黏在她身上。

郭永莉蓦然想起，这女人不是别人，正是她的高中同学龇牙匏。多年前高考时，她抱着儿子在校门口遇到过她，也正是从她嘴里知道了肖恩慧出车祸的消息。她转身去了后厨，咕咚咕咚喝了杯冰水，喝完冰水后她立马意识到，必须要打消龇牙匏的疑虑，不然就没法安生了。当她上完那盘夫妻肺片，便装作有一搭无一搭地问龇牙匏，这位大姐，饿坏了吧？出来旅游啊，就是遭罪。

龇牙匏勉强笑了笑，能看得出，她很是为自己方才的莽撞感到尴尬。郭永莉轻声道，您刚才提到的那个……啥啥莉，是你们家亲戚？龇牙鲍叹了口气说，哎，不瞒你说，是我同学，七八年前失踪了，有说是被人贩子拐走的，也有说精神出了问题，失足掉河里淹死了，反正是活不见人死不见尸。郭永莉说，年纪轻轻，可惜啊。龇牙鲍说，可不是吗？听说她丈夫抱着儿子，找了四五年，天南海北都跑遍了，从三亚到乌鲁木齐，从西宁到福州，拉萨也去了呢，连个人影儿都没找到。那男人啊，失心疯了……郭永莉咳嗽两声，问，她公婆也不管？龇牙鲍说，管不了，那男人啊，就是头犟驴，为了找媳妇，前前后后花了四五十万。四五十万啊！连他们家的烤鸭店也兑出去了呢。

郭永莉唉声叹气，半晌才说，天底下竟有这样的男人。龇牙鲍说，不是咋地，后来，他丈母娘怜惜他，将大女儿许配给他了，听说这两年好歹安稳些……就是永莉啊，不知道是死是活，哎，可怜的永莉，当年可是班里的学习尖子……

这些年来，她从不敢去细想自己出走后，

家里到底发生了如何的变故。她只隐约觉得，像郭亮那般没心没肺的人，肯定早娶了别家姑娘。没想到他这么轴。咋就这么轴呢？她竟一点都不了解他。这么想时，难免有些心酸。又倏地想起水塔上的日子，想到他白皙的、柔弱无骨的手变魔术般烹炸出的各种佳肴……她坐马桶上，呆呆地望着厕门……心乱如麻，端了盘水果去大厅，龇牙鲍一帮人早结账离开了。站在干燥的热风中，她萌生出一股强烈的念头：她要回家，她要回去看郭亮和儿子，看爸妈，看姐姐们，看肖恩慧奶奶……

当然，也只是想了想。想了想而已。

她早没有家了。她只有她自己。连自己也是假的。

翌日早早醒了，抓了把糙米煮粥，一晚没睡踏实，难免又是打哈欠又是流眼泪。才从厕所出来，便听到个女人尖声叫道，郝丽梅！郝丽梅！是你吗？！

这两天的遭遇让她心脏时刻处于爆炸的边缘。她捂着胸口缓缓抬头，却是宋佳欣。

一晃多年未见，宋佳欣还是那个宋佳欣。她找了个男朋友，是房地产公司的销售员，她呢，早不在宾馆当服务员，去了燕郊一家家具厂当会计。五一前领了结婚证，只是还没举办婚礼。你这个坏人，宋佳欣嗔怪道，莫名其妙就失踪了！又是搬家又是销号！难不成犯了滔天罪行？郭永莉强挤出一丝笑容，说，嘻，家里出点事，待了段时间，我也是才回北京不久。你看你呀，真是越来越漂亮。宋佳欣嘻嘻着说，那当然。对了，我哥还老打听你呢！他呀，如今做老板了，开了家湘菜馆，生意火得很呢。

宋德明，如果没记错，她哥哥好像叫这个名字。便说，你哥哥手艺好，饭馆不火才怪。宋佳欣拉着她的手说，晚上我们去他那儿蹭饭吧！让他好好款待款待你。他要是见到你，八成要乐得跳起来。

见到郭永莉时宋德明没有跳起来，只不过手里的铲子掉到了地上。他比前几年老了，脸短了些，单眼皮也有些肿胀。他有些拘谨地走上前，想跟郭永莉握手，可能觉得手不干净，忙在围裙上蹭了蹭。郭永莉一把攥住他的手，说，恭喜啊恭喜，都当大老板了。宋德明似乎才缓过神，哈哈大笑两声，说，丽梅啊，你这是从哪块石头里蹦出来的？当年我和佳欣可是把海淀区翻了个遍。宋佳欣说，可不是呢，我哥还以为你出了事，非拽着我去派出所报案呢。

郭永莉沉默片刻，这才笑着拧了拧宋佳欣的腮帮子，说，我这种无才无貌的，最安全了。

宋德明那晚陪她俩吃的饭。他的眼睛一直盯着郭永莉，盯得她汗毛都竖起来，就说，宋大哥，你忙你的，千万别耽误了买卖。宋德明笑了笑说，也好，你们姐俩好好亲热亲热。

那晚回到筒子楼，宋佳欣也没让她好好睡，咕咕唧唧说了一晚闲话。翌日迷迷糊糊才到饭店，便看到门口停了辆奔驰，心想，啥好日子啊，这么早就上客了？不料车门推开，宋德明从里面钻出来。郭永莉疑惑地看着他，他嘿嘿笑着说，走吧。郭永莉问，去哪儿？宋德明说，上班啊。郭永莉更是糊涂了。宋德明说，我帮你把工作辞了。郭永莉问，你是不是没睡醒，说梦话？宋德明说，你昨个也看到了，我们店缺个大堂经理，我呀，觉得你是最合适的人选。你不是学过会计吗？可以兼职管账，我给你开双倍工资。郭永莉哭笑不得，方想质问，却被他径直拉进了轿车。郭永莉说，你这人，强买强卖啊。宋德明说，这不是为了你好吗？郭永莉说，总得事先跟我商量商量吧？哪儿有你这样鲁莽的。宋德明便佯装打自己的脸，说，罪过罪过，我这不是怕夜长梦多吗？

就这么着到了宋德明店里。

店位于芍药居，虽是湘菜馆，他最拿手的九转大肠啊葱烧海参啊爆炒双脆啊却都还留着。店有些窄，却也被分割出三个像模像样的包厢，无论中午晚上都人满为患。宋德明呢，是主厨，手下还有两位师傅，即便如此，每日忙得俱是脚尖朝后。郭永莉呢，也察觉到大堂经理的不易。下班回了家，脑子里仍是顾客嗡嗡的讲话声，做梦都在手忙脚乱地算账数钱。更让她不安的是，无论多晚，宋德明都开车送她回家。推辞了几次，宋德明便说，咱们店十二点才打烊,地铁公交都没了,难道你要天天打车回?他的话不无道理,不过,时间长了,难免招致店员们的闲言碎语,干脆将回龙观的筒子楼退了,在芍药居附近租了间十多平方米的住处。宋佳欣甚是不满,嫌郭永莉没跟她事先商量,做不成邻居了。住处离饭馆四五里地,即便步行也很是方便。宋德明咧着大嘴笑说,好得很,好得很,现下送你是捎带脚,这下你没话说了吧?郭永莉哭笑不得,只好应了他。

春节放假,又只剩她自己。除夕那晚早早吃完速冻饺子,便去楼下放烟花。她觉得人老了,仪式感总归要有。积雪尚未消融,北京冬日的风吹在脸上,生疼,烟花也没她想象中那般美,瞬息便随风坠落。她怏怏着回到房间,打开电视看春晚。不久有人砰砰敲门,透过猫眼,便晃到宋德明那张丝瓜脸。

他不是空手来的。他几乎把饭馆库存的食材悉数搬来了。郭永莉说,我才吃完,你这是唱哪出戏?宋德明也不搭理她,转身去了厨房。不一会儿,便听到厨房里传来咔嚓咔嚓的切菜声，火苗噗噗噗噗的燃烧声，食材滑入油锅的滋啦滋啦声，听着听着便有些困顿，竟趴桌上睡过去。等宋德明将她唤醒，才发觉窄小的饭桌上挤满了菜，热气腾腾的，勾得肠胃也咕噜着响。便说，奇了怪了，你不回青岛了吗？宋德明嘿嘿笑两声，并未言语，倒了两杯白酒，说，你一个人在北京过年，我还真放心不下，反正父母有佳欣陪着，我也省心。郭永莉接过杯子，说，那嫂子和孩子们呢？她听宋佳欣偶然提及，宋德明早有了家室，是三个女孩的父亲。

宋德明说，一年又一年，人比草木老得快。郭永莉见他未搭话，便说，男人啊，心肠硬起来，跟钻石一样，嫂子在老家拉扯孩子，容易吗？宋德明跟她碰了碰杯，说，你这人啊，让人捉摸不透，人家好心好意陪你过年，偏问那丧气的话。郭永莉觉得他似有难言之隐，也不好再过问。

宋德明说，你要真想听，我不妨给你讲个故事。郭永莉给他夹了块猪肝，说，快说，八卦下酒，越喝越有。宋德明将猪肝塞嘴里说，从前哪，有个小伙子，早早娶了媳妇，后来去北京打工，平时很少回家。老婆呢，给他生了仨闺女。那年回家，老三生了病，要输血，男人便让医生抽他的，他知道自己和老婆都是O型血。医生说，你女儿是B型，只能用血库的血。男人有些发懵。他文化不高，可好歹上过高中，清楚父母如果是O型血，子女必定也是，难免起了疑心……

郭永莉目不转睛盯着他，他垂头笑了笑，说，后来，男人偷偷带孩子做亲子鉴定，跟他猜的一样，闺女不是他的。他本来是暴脾气，却并未发作。后来，又带老大老二的头发去做鉴定，你猜，是啥结果？

郭永莉盯着他肿胀的眼泡，心里早有了答案。他嘴角耷挂片韭菜，她忍不住伸手替他擦掉。宋德明笑着说，男人获得了自由，却再没信过女人。直到有天，他遇到了妹妹的朋友。郭永莉的手有些抖，却仍装出副心不在焉的样子，问，你咋那么肯定，这女人，跟他前妻不是一类？宋德明给她夹了块海参，说，她的眼睛，比水晶都亮，她的身上，随时都穿着铠甲。你说，这样的女人，怎么会跟她一样？郭永莉的眼眶潮得很。还从来没有哪个男人如此赞美过她。

宋德明说，吃吧，吃吧。郭永莉说，那男人，有啥想法呢？宋德明说，他呀，想娶她。说着便去拉郭永莉的手，郭永莉拿筷子撑掉，说，要是那女人的秘密比男人还多，他会咋想？宋德明说，男人管天管地，管不住女人的过去。谁没有过去呢？武则天还当过尼姑呢。郭永莉扑哧笑了。宋德明得意扬扬地说，男人想好了，要送女人最好的聘礼。郭永莉将头扭向窗外，一大团烟花将好炸裂，在空中绽成朵巨型牡丹。她不禁叹道，真美啊。宋德明又去拉她的手。这次她没躲。宋德明说，我打算，把我的饭馆送给她。你说，这份聘礼是不是很有创意？

年后一上班，宋德明便带郭永莉去行政审批中心变更了各种登记。其实郭永莉倒觉得无所谓，如果两人结了婚，法人代表是谁又有何关系？可宋德明倔得很，仿佛她若不应了他，便是瞧他不起。他这种想法可笑得很，可她内心又涌动着难言的感动与欢喜。接下去便是商量结婚的具体事宜。按照宋德明的意思，要在十月份办三场婚礼，一场在老家，一场在北京，还有一场在安阳。老家的婚礼是走个样子，给爹妈看，给那些喜欢看热闹的乡亲们看，他要让他们知道，他新娶的老婆是何等的神仙人物，让那些嘲笑了他多年的狗眼们彻底闭嘴；北京的婚礼是给老乡们看，给同行的老板们看，为了让他们知道他的实力和魄力，婚礼要在最昂贵的五星级酒店举办，烟要摆中华，酒要摆茅台；安阳的婚礼当然是给郭永莉的家人们看，让他们知道，她嫁给了一个有钱的好男人，他们要是不放心，那这个世界上就再没有更好的女婿了。郭永莉说，安阳那边没什么亲戚，就算了，更不用回门，另外，即便是在北京操办婚礼，也不用这样大张旗鼓，两个人是否幸福，跟别人的祝福和赞美都没关系，也用不着名烟名酒，抽进嘴里喝进胃里，无非变成烟和屎。活要面子死受罪的事，只有蠢人才干。

宋德明竖起大拇指，说，丽梅啊，你不愧是学会计的，算得精，道理讲得更清！

一晃到了春天。郭永莉最喜欢北京的春天，空气中满是槐花香味，虽说有点干燥，可干燥得恰到好处，身体被阳光抚晒得舒泰自如。那天下午，她和宋德明抽空在元大都遗址公园转了转。宋德明说，等结完婚，我们就在太阳宫附近开家分店，北京真是古怪，明明又热又干，人却偏喜欢吃辣。郭永莉说，报纸上不说了嘛，孩子们压力大，辣椒素能刺激人体释放那什么肽，类似麻醉效果，能减轻疲劳，让人身心愉悦呢。宋德明说，我说呢，自从跟你在一起，浑身便总有使不完的劲，原来你就是一棵辣椒啊！说完猛地亲了她一口。郭永莉佯装去打他，他机敏地跳到百叶蔷薇花丛后，晃着丝瓜脸朝她傻笑。

那晚店里的顾客格外多，郭永莉有条不紊

地结账、催菜，叮嘱新来的服务员千万别上错菜，为了安抚一对从干锅肥肠里吃出头发丝的情侣，她特意送了他们一份湘西外婆菜。她老想去趟厕所，那泡尿憋了足有半个时辰，可要么洗手间有人，要么恰巧顾客来结账。好不容易抽空去了，才蹲下，便听到嘭的一声巨响。开始她以为是压路机在碾压路面，斜对面的那条路刚铺好沥青和碎石，然而像塑料积木般倾斜着坍塌的墙壁让她立马惊声尖叫起来。她最后的意识是想站起来系好裤腰带，可在第二声震耳欲聋的爆炸声响中，她很快失去了知觉。

地下室

没想到会在学校碰到岑亚楠。郭永莉没认出他，可他随口就喊出了她的名字。她眯眼打量他半晌，才迟疑着问，岑……岑亚楠？岑亚楠点点头，说，神奇啊神奇！我们多少年没见了？他掰着手指算了半天，十六年？还是十七年？你呀你，这些年跑哪儿去了？那时我还去烤鱼店找过你，老板说你早辞职了。

岑亚楠穿着黑色西裤黑色夹克，夹克里是雪白衬衣，脚上却是双布鞋。她记得他上大学时就天天穿布鞋。她低头看了看自己，套着件桃红色羊绒大衣。大衣不仅满是毛球，还褪了色，跟被春雨打落的海棠花仿佛。她笑了笑说，天南海北地瞎跑，混口饭吃。

岑亚楠又细细扫看她半晌，问，在哪里高就？她沉默了会儿说，唉，待业。岑亚楠若有所思地看着她，看得她不自在起来，就问，你留校了？岑亚楠说，在后勤处。她便说，当领导了吧？他面无表情地点点头，说，副处长。她忙说恭喜恭喜！当初以为你会搞学术，没想到从政了。从政好，路更宽，以后有啥事啊，我就找岑处长。

岑亚楠抖了抖眉说，我们后勤啊，缺宿管，你要愿意，不妨纡尊降贵。她愣了愣，立马说，天上掉的馅饼，我当然得接着。岑亚楠咧嘴笑了笑。他嘴巴小，只露出上面的牙齿下面的牙龈。她留意到他以前的四环素牙如今比牛奶都白。

那个案子……郭永莉将目光移向旁边的灌木丛，淡淡地问道，派出所后来有消息吗？

岑亚楠似乎愣住，半晌才回过神，木木地摇了摇头。两人一时都无话，只听到楸树上喜鹊的叫声。后来岑亚楠说，永莉啊，你下个礼拜一去后勤报到，就说岑处长介绍的，填个表盖个章，就完事了。

郭永莉赶紧上前握了握他的手。他的手比从前软多了。

他说，永莉啊，我们加个微信吧，联系起来方便。

郭永莉尴尬地笑了笑，说，不好意思，我没微信。要不，你记下我的手机号码？

岑亚楠肯定不知道，她不仅没微信，也没抖音、快手或小红书。她不会网购，不知道淘宝、京东、美团、拼多多和当当，买东西都是跑商场，吃饭都是下饭馆，买书都是去新华书店。她也没下载滴滴软件，无论白天黑夜，很少能打到车。坐地铁的时候，看到无论男女老幼都垂头看手机，她心里难免犯嘀咕。她惊讶地发现，手机已经变成了人体器官，变成了公交卡，变成了钱包，变成了身份证，变成了贷款机器，变成了照相机，变成了电影院，变成了收音机，变成了婚姻介绍所。仅仅七年时间，这个世界像是一部被谁按了快进键的电影，她无论如何也难以想象，中间错过了如何天翻地覆的剧情。

她在牢里整整待了七年。

对于当年那场著名的饭馆煤气泄漏爆炸案，京城各大媒体都做过详尽报道。死亡三人，重伤六人，轻伤十四人。死了的三人俱是饭馆的大师傅，当然也包括宋德明。重伤的有服务员，还有三名前来吃饭的大学生。郭永莉是轻伤，头部被砸，腰部脊椎受损。两位大师傅的老婆从湖南乡下急匆匆赶来，哭天抢地，要求赔偿每人六十万，另一名死者是位才退休的老干部，家属要求赔偿两百万，还有那些重伤的……作为手里只有五万元积蓄的法人代表，郭永莉没有别的选择。这个选择，大概就是最好的选择。

租住的那间地下室，离学校有点远，每日都是先坐地铁，再转公交，最后步行。她的工作很清闲，就是防止陌生人和女生进入男生宿舍楼。为了记清每位学生的长相，她天天翻看着学生登记表。除此之外，还要偷偷复习英语和政治。那天来学校，就是问询一下研究生招生事宜。她想十月份报考会计专业的研究生。

除此之外，她好像也没有什么好惦念的。

出狱后，她先去了趟丽江古城。这么多年来，她还记得当时肖恩慧留给她的那封信，信很短，只有十三个字：三儿，等你考上了大学，来丽江玩。她不知道肖恩慧是活着，还是死了。虽然没考上大学，丽江总是要去一趟的。等她到了丽江，发觉跟想象中的不一样，那么多的花儿，那么多的水，那么多的植物，完全不像是高原，倒像是江南。她去的时候正是五月，天天落着细雨，她在宾馆里昏睡了两天后，终于撑起伞去了趟狮子山公园。狮子山不高，但是能俯瞰到古城全貌，望着灰扑扑成片的老房，她想，肖恩慧如果还活着，如果还在丽江，哪一间房子是属于他的呢？他结婚了吗？孩子多大了？狮子山上有很多柏树，她从石阶上捡了很多柏树子，随手揣进裤兜，下山时她在一个小酒吧坐了很久，喝了杯啤酒，花五十块钱点了首歌。回到北京后，洗衣服时，那些柏树子便四处散落开去，她捡起来随手扔进花盆，不承想，没多久柏树子便发芽了。她有些吃惊，这么阴潮的地下室，柏树都能长出来，这个世界上，还有什么是不可能发生的呢？

从丽江归来不久，她又回了趟老家。从四惠汽车站到县城的长途客车又添了好多趟。听着身边的人说着陌生的家乡话，她努力让自己变成个聋子。到县城后，她直接打了辆出租奔村子。站在黄昏的村头，她有些难过。这么多年了，村子几乎没有变化，村口的诊所还开着，小卖店的招牌也没变，仿佛她不是离开了十八载，而仅仅是一个昼夜。

她忐忑地朝家里走去，每挪一步，心脏便爆破一次，在她怀疑自己快要晕倒前，一个抱着皮球的孩子从身旁跑过。她一把将他拽住，问道，小家伙，你叫啥名儿？很明显孩子有些意外，他气呼呼地盯着她问，你是谁？从哪儿来的？她笑着塞给他几颗奶糖。孩子说，你是坏人吗？我妈说，坏人诱拐小孩时，都会给糖吃。她柔声道，我不是坏人，我就是这个村子的啊。我问你，你认识刘兰英吗？

孩子摇摇头，她只得指着自己家的房子问，就是这家，刘兰英以前养猪，后来养貉子。孩子歪着头想了想说，你问的是二奶奶吗？她有三个女儿。她赶紧说，没错，三个女儿，有个女儿……还离家出走了。孩子脆生生地说，你来晚了，二奶奶二爷爷早死了。她眼睛倏地一下黑了。孩子又说，二奶奶后来不养貉子了，又养猪，犯了心脏病，给猪接生时，死在猪圈里。二爷爷第二年也死了。

她只觉呼吸困难，缓缓蹲下身去。孩子问，你没事吧阿姨？她皱着眉头摆摆手。孩子没再说话，转身跑开了。后来她站起来，朝着家门口蹭。大铁门生了锈，锁头也生了锈，透过栅栏，她看到院子里堆满了塑料垃圾和柴火，猪圈上蔓草丛生，麻雀扑棱着蹦来蹦去，原先种西葫芦的墙根处，挣扎着几棵瘦小的蜀葵。恍惚间，她仿佛听到刘兰英在大声呼喊自己的名字，倾耳细听，也只有夜风拂过的声音。这个家的灯，再也不会亮了吧？后来，她捂着胸口坐到大门口的石头上，呆呆地看着夜色一点一点将村庄笼罩，将牲畜和树木笼罩，将活人和死人笼罩。

那是她最后一次回家。

这栋男生楼的宿管有三个人，轮流值班。其中有个大姐，退休前是北京自来水厂的职工，喜欢看小说，跟她很是聊得来，知道她至今仍是单身，便张罗着给她介绍对象。她说，我都这把年岁了，还找啥男朋友啊？大姐便说，你可不能轻贱自己，不过才三十六七岁嘛，还是朵花呢。她便垂头不语，大姐又说，别整天跟哑巴似的不说话，人都有惰性，你不跟人往来，人家咋能猜到你是啥心思？我有个表弟，是公交车司机，不到五十，有车有房，儿子开地铁，老婆得癌症没了，你要没意见，不妨见上一面？

她只是机械地翻着学生登记表，不说一句话。

到底是没见。大姐待她便不似先前那般热情。她很是满意。秋天开学后，新生便要入住了。北京的秋天比春天好，凉飕飕的，鸽子的哨音在楼间萦绕，野猫不停扑逮着喜鹊，蟋蟀在鸢尾花丛里嘶鸣，一切都仿佛要结束，一切都仿佛要开始。或许是受了些风寒，她在家里躺了几天，等回去上班，新生已入住。她百无聊赖地盯着一张张娇嫩的面孔推开门，又关上门。

有天晚上她洗了头，正用吹风机吹头发，一个男生抱着脸盆从门外走进来，看样子才洗澡回来。她并没在意。男生看到她似乎愣了下，随后喊了声，阿姨好。她边整理头发边说，同学好，你是大一新生吗？

男生说，是啊。她漫不经心地问了句，老家哪儿的啊？男生说，兰若市桃源县的。她咦了声，是吗？男生不无得意地说，我们老家有河有海，有虾有蟹，物华天宝。

看来男生是个很健谈的孩子，生硬的普通话并没有阻止他交流的热忱。她朝他笑了笑，男生说，阿姨，您是哪儿人啊？她想了想说，我跟你是老乡，也是桃源的。

男生戴着副厚厚的眼镜。她看到他的眼睛闪了闪，他说，老乡见老乡，两眼泪汪汪，唉，我又想我爸了。

她便打趣道，男孩都跟妈亲，难道，你不想妈妈吗？

男孩迟疑了会，说，我没有妈妈。我一周岁多点，她……她就失踪了。

她心里咯噔了下，随口说道，唉，可怜的孩子……难怪你跟爸亲近呢。

男生笑着说，我爸厉害着呢，专跟家禽牲畜打交道。以前卖烤鸭，人称桃源鸭王，后来养貉子，貉子皮返销东北呢。

透过玻璃窗,她目不转睛地盯着男生。她的嘴巴翕合了几次。她以为自己在说话,实际上,她没有听到任何声音。

大象

一

挑这样的日子出门,无疑是好的。

出门之前,孙志刚喂了鸡,喂了狗,喂了猫,喂了花狸鼠,喂了鹅,还喂了那只越长越瘦的绿毛龟。艾绿珠也不过来帮忙,只一旁瑟瑟站着。她套了件深红对襟唐装,头上裹着方格子头巾，掌心时不时捂紧双唇，小心地呼着气。当孙志刚将一把烂白菜叶撒进鸡舍时，艾绿珠终于按捺不住了。她小声嘟囔道："磨蹭啥呢，真是现上花轿现扎耳朵眼……"

孙志刚直起腰，摸了摸身边溜达的狗，又把猫耳上的发卡重新系了系。狗是老狗，牙齿全掉光了，柔软糜烂的牙龈不时啃舔着他的手指，猫呢，正在发情，总爱把条黄丝绸蝴蝶发卡套在右边的耳朵上，在镜子前踱来踱去。当他们恋恋不舍地锁门时，艾绿珠突然尿急，她跟跄着冲进庭院，不假思索地往菜畦垄上一蹲……解决后她并未起身，而是不声不响盯着畦垄上的一簇蒲公英。蒲公英的锯形齿粘爬着蚜虫，细长杆顶着层层叠叠的花瓣，花瓣里栖着细腰马蜂。艾绿珠努了努嘴，半晌才喃喃问道："孙志刚，孙志刚，难道……立春了？"

春早就立了，龙头早抬了，连清明的冥纸也早烧过了。孙志刚看着她边系裤腰带边狐疑地扫望着庭院。他大踏步走过去，把她拽出院子，"咣当"锁了门，搡她上了电动三轮车。艾绿珠也没挣扎。她平时最讨厌旁人不尊重她。不过,这一天她心情尚好,最起码表象上看来如此。这让孙志刚稍稍有些心安,他柔声对她说,别急,我们这就要出发了。当"出发"这两个字从嘴里蹦出时,语气那么干脆、爽朗,让他自己都略略吃惊起来。

"你再等等,孙志刚,"艾绿珠慌张着说,"我忘了样东西。"她扫着犄角旮旯,"我这脑袋……真成榆木疙瘩了……我是不是……真老了?"

艾绿珠开了锁急匆匆进家,旋尔急匆匆颠跑出来,手里拎着只玩具大象。她乜斜着孙志刚,手忙脚乱地把大象塞进书包。大象太大了,粉红的长鼻子就从书包口支棱出来。艾绿珠抚摸着大象鼻子,佯装无事地瞥孙志刚一眼,说:"还傻愣着啥?走啊。快走啊。"

孙志刚没听她唠叨。这些日子以来,孙志刚早习惯对女人莫名的絮叨保持沉默。这和他以前的作风倒是迥异。他曾经喝醉之后,把只穿着内裤的女人关在门外半个多时辰。那可是腊七腊八，风能浸骨入肺的。艾绿珠赤着脚，双手捂着乳房在门外小声啜泣，间或拼命蹦跶两下，将青石板踏得"嘭嘭"响。

"栗子少了袋！"等三轮车发动起来时，艾绿珠有些惊慌地说，"栗子怎么少了一袋呢？天哪，这可怎么办？这可怎么办呢？"

孙志刚只得把三轮车停下，进了车篷跟她点货。他们总共拉了四袋小米、四袋栗子、四袋红薯。小米是艾绿珠姐姐送的，栗子是孙志刚嫂子给的，红薯是从集市买的。前几日，他俩蹲厢房里，用秤约了又约，把小米、栗子和红薯分成了四份，小心着倒进麻袋，用粗口绳扎好。

"少就少吧，"孙志刚皱着眉头说，"多一份跟少一份，有啥区别呢。"

"那怎么行？少给谁一份我心里都不踏实，"艾绿珠说，"我再去找个破麻袋，把这三份匀成四份。"说完她迫不及待地跳下三轮车。孙志刚只得站屋檐下，默默点上烟，大口大口地吸食。后来他索性蹲下，背靠墙壁盯着葳蕤的野菜、洞穴里的蚂蚁、叫不上名的大眼昆虫以及晃来晃去的阳光。再后来，当他不经意扭头时，在石头上看到几行字。字是用白粉笔写的，或许年限长了，已然被雨雪风霜洗刷得模糊难辨。他好奇地歪着头，仔细辨认着：

不相交的两条直线叫平行线。
三角形的一个外角等于和它不相邻的两个内角之和。
天使也曾美丽过。

他用手来回蹭那几行字，一个字一个字地蹭。当艾绿珠找回麻袋将栗子分好，小声吆喝着他大名时，他的手指还颤抖着停驻在"美丽"那两个字上，手指肚一点感觉不到石头的凉，相反，他粗糙的、被劣质香烟熏得焦黄的手指肚，仿佛正在触摸一颗温热的、娇嫩的心脏。

二

劳晨刚跳下长途汽车，挑衅似的搜寻着男

人。这个男人在将近十个小时的旅途中，一直坐在她左侧。起初她没留意他。对这种眼睛浮肿、皮鞋裂口的中年人，劳晨刚很少接触。应该说，在她有限的记忆中，她从没有和中年男人正式打过交道。开始还相安无事，男人似乎饿了，他撕扯着一只德州扒鸡，同时扬起满是皱纹的细长脖颈，小口抿着二锅头。其间他很有礼貌地询问劳晨刚，姑娘，要不要吃点？边问边把鸡腿犹豫着塞给她。她朝他摇摇头，为了表示感谢，她从兜里掏出几张餐巾纸，轻轻递他手边。

后半夜，劳晨刚终于迷糊住了。其实睡得也不沉，她不是那种一挨枕头就做梦的孩子。当那双手颤抖着抚摸起她的大腿时，她哆嗦了下，不假思索地将那人的手拨拉开。她动作果断，丝毫不沾泥带水，反而激起了男人的欲望。他突然伸出双手，一只紧紧攥了她的左腕，另一只则轻佻地摸了摸她丰满的乳房。一股鸡皮味漂浮着，劳晨刚骤然间动也不敢动了。车厢里灯光昏仄，旅客们在汽车颠簸的行驶中睡得格外沉迷。有那么片刻，劳晨刚觉得自己简直快要窒息过去。她脸憋得通红，牙齿死死咬住下唇。男人"嘿嘿"地轻笑两声，方才将手坦然撤回。劳晨刚松口气，摸索着将背包带解开。男人似乎也就这么点兴致，再没旁的举动。也许，醉鬼总是在神志不清时不知不觉变成色鬼。尽管如此，劳晨刚也不敢正眼瞅他。她只记得他头发稀疏，脑门油亮，手指缝满是泥土。还好，他人香甜的睡眠总是有种神秘的催眠作用，劳晨刚在旅客均匀的呼吸声中放松了警惕，扒着前座断断续续睡了。

男人凄厉的叫声是凌晨响起的。他尖锐的外地口音让旅客们从睡梦中不约而同苏醒过来。他们伸长脖颈，好奇地打量着四周，却没有发现任何异常，他们只好拉开车厢窗帘，望着平原上一闪而逝、成片成片的梨花，同时小声地、琐碎地交谈着。他们交谈的内容宽泛而缺乏主题，往往是一个人勉强开了头，另外一个人支支吾吾接茬后就难以为继，只得再次沉默下去。当然，他们的话题无非围绕着这座即将到达的城市展开,譬如地震,这座城市三十多年前发生过20世纪全球最惨烈的地震,政府公布的数据是7.8级,实际上是8.2级。在这次地震中,二十四万人死于睡梦中,他们赤裸的身躯被钢筋水泥压成馅饼或皮影;譬如石油,报纸上报道说,在这座城市的东部海湾地区,勘探到大量石油。大量是多大?储量足以抵得上两个大庆油田,国务院总理和政治局常委都曾到这里视察,这里俨然已成了全国最火的投资热点……除此之外,这座曾经以地震和死亡著称的城市,还有什么诱人的谈资?

劳晨刚掏出包餐巾纸,将刀刃上的血珠轻轻拭掉。长这么大,她从没伤害过别人,她从来没想到过,某天清晨,她将会用一把瑞士军刀敏捷地割破一个男人的手指。说实话,在她十五年的生命中,她一直刻意远离小刀、订书钉、铁钉、图钉这些东西。其实呢,她喜欢那些金属铸造、精致划一、金光闪闪的小玩意,她喜欢小玩意中规中矩的造型以及散发出的温暖气味。金属的气味和血液的气味如此相近,这让她倍感亲切。

她稍稍有点后悔，刚才没把MP4及时打开，将男人的叫声录下来。不过，在剩余的短暂旅程中，这个男人肯定再也不敢把手掌伸向她丰腴的身体了。她做了个简单的深呼吸，然后轻蔑地朝男人看了看。他正将纸巾一圈一圈缠住手指，脸上是副忧郁、忐忑甚至绝望的神情。他有什么好绝望的？劳晨刚倒有点可怜起这个男人了。灯光下，男人眼袋幽暗，仿佛随时会睡着或者死掉，他衣服也不干净，上衣前襟沾染着油点和莫名其妙的白斑。他年龄应该和……父亲差不多。

男人并没紧随劳晨刚下车。他肯定怕了这个随身携带瑞士军刀的女孩。劳晨刚有点骄傲，她将军刀塞进布包，环视着陌生的长途汽车站。天已大亮，苏澈还没有来。她暂时不需要苏澈的帮忙。现在的关键问题是，要不要给母亲打个电话？

母亲快把她的手机打爆了，她愣是没接。她知道母亲一定急疯了。母亲素来是个没有主意的人。离家之前,她给母亲留了张便条,说出去办点"正事",事成之后立即回家,不要惦念。她还记得自己出门时,将防盗门的明锁和暗锁仔细旋转了两圈,之后她打车去了汽车站。在长途汽车站,她碰到一位小学同桌。不过他肯定不认识她了,当然,她也只是从他脸上的那块黑色胎记认出了他。他个子高挑,弯着腰在候车大厅不停地喝一瓶矿泉水。当他目光扫射到她时,并没有哪怕片刻停留,这让她隐约有点失望。她的相貌和小时候并没多大区别,留着老式蘑菇头,眼睛大大的,蒜头鼻的两侧点着几粒雀斑,不过,她的体重却是那时候的几倍。几倍是什么概念?她当时看着那个喝水的男孩,摸了摸自己唇上浓浓的小胡子。

她跟苏澈约的是八点。八点钟,他准时来接她,然后,陪她做些她想做的事。那么,在和他见面之前,她最好先吃点东西。她在车上连口面包都没吃。她现在就想喝上一大杯甜牛奶,吃上块松软芳香的面包或蛋糕。她喜欢甜的、绵软的、闻起来蜂蜜味道的食物。她现在胖得像头发育中的棕熊，可仍不能阻止自己对甜食和热量的热爱。这一点，她觉得跟明净姐一点不一样。明净姐喜欢喝稀粥吃咸菜，明净姐也胖，但是胖得好看。

在站前饭馆，劳晨刚吃了碗打卤面。吃完后，她看到墙角有只老鼠耐心地啃着个酒瓶。老鼠很肥，牙齿机械地咬着酒瓶脖颈，两只前爪妄图将酒瓶抓得更牢固。她打开MP4，蹑手蹑脚地搁置到老鼠正上方。

咯吱~~咯吱~~咯吱~~

咯吱~~咯吱~~咯吱~~

老鼠跑了，劳晨刚将它咬酒瓶的声音来来回回放着。她希望能在这种奇怪的、有点轻快的声音当中，早早看到那个叫苏澈的大学生。

三

这么多年来，孙志刚很少有机会去市里。不是不想去，或者去不了，而是没有去的理由。第一次是83级太原兵聚会，老班长把电话打到他家，通知他礼拜天去海鲜城。那时他尚在加油站上班，每天值夜班，打着手电筒给往来的拖拉机、农用三轮车和卡车加油，并将白手套作为赠品塞到司机手中。他为那次聚会提前倒了班，为了更体面些，艾绿珠还专门跑到供销商场给他买了套"报喜鸟"西服。西服很便宜，款式也老，可穿在孙志刚身上仍挺拔漂亮。该下班时，经理让他抽空到空油罐里瞅一眼，说怀疑罐底漏油。他整个人蹲蹴在黑漆漆的油罐里，拿着手电来回晃荡。晃着晃着他忽然听到一声清脆的爆响，接着，整个人就深陷一片红色火焰中……还好，他被烧伤的面积不是很大，只是日后胳膊上爬了条面目狰狞的蜈蚣。谁能料到他裤兜里的简易打火机会爆炸？谁能想到空油罐里还有没挥发完的汽油？孙志刚想，这就是命吧？

第二次战友聚会时，他已从石油公司买断离岗，开了家自行车修理铺，闲了就坐马扎上，闷闷地抽袋旱烟。对于是否参加这次战友聚会他多少有些踌躇。那些战友在市里混得有头有脸，老班长已是全市最大的出租车公司副总，整天开辆奔驰游山玩水。那是他多年来第一次感觉到自己的卑微，没了体面的工作，面色终日灰头土脸，连烟都是一元五角一包的"北戴河"。不过，艾绿珠倒赞同他出去转转。她安慰他说，有啥见不起人的？修自行车也不比别人低等，老爷们只要腰板挺直了，没啥好怕的。她在小学当语文老师，平时喜欢读点唐诗宋词，说话还是有水平的。可孙志刚才坐上公共汽车，艾绿珠电话就追过来了。她咋咋呼呼地说，女儿不小心被水果刀割破手指，贴了创可贴，可还血流不止。那是他第一次体验到血流不止是什么意思。那年女儿十二岁。

　　这次是他第三次要去市里。关于这次出门，他酝酿了许久。他觉得，在这个桃红柳绿的春天，必须要出趟门了。到了他这年岁，想一件事跟做一件事，总是有点差头的，主要是身板不如年轻时壮，心气不如年轻时高，到动真格的时候，那口气很自然就泄了。而这事对他来讲很重要。要知道，到了他这年岁，能有所谓重要的事,无疑也是种福分。

谁料到,孙志刚和艾绿珠尚未出桃源镇就碰到熟人。说是熟人,其实是五伏内的亲戚。这亲戚叫赵广元,是孙志刚表舅的长子,每逢过年过节,总要在酒桌上喝两盅的。孙志刚停了三轮车,扯着嗓子喊:"我说连弟啊,你这是去哪儿啊?捎你一程?"

赵广元眼睛有点散光,他将瞳孔几乎贴到孙志刚鼻子上,才知道遇到连兄。他机警地朝车篷里张了张,方才小声说道:"我要去市里。"

"去市里干啥?"

"告状啊,"赵广元梗着脖子说,"我要去信访局告状。"

关于这位连弟的事,孙志刚倒拉拉杂杂听说过些。他从黑龙江娶了个老婆,老婆长得好,只是有点好吃懒做。过了三两年,在市里上班的邻居,把她介绍到酒店工作。说是工作,无非是去坐台。赵广元怕被庄里人笑话,老话讲得好,宁可光棍打三年,不可绿帽戴一夜,何况这女人是夜夜给他戴,日日给他戴。他索性跟女人离了婚,离婚后没埋怨老婆,对邻居倒恨得牙根痒痒,趁黑夜一把火点了人家房子。人没烧死,只把头怀孕的花母牛吓得流产。邻居趁机打断了他一条胳膊,一分钱医药费也没出。他去镇里告,镇里人说,人家一头小牛崽,比你这条胳膊还值钱!又去县里告,可惜,保安连大门都没让他进。

"我们正好去市里,顺路,一块拉着你吧!"孙志刚下了车,二话没说把赵广元抱上车斗。

赵广元见了艾绿珠,忙说嫂子也在啊?你们两口子这是干啥去啊?

艾绿珠咧嘴笑了笑说:"我们……没啥正经事,听说……市里的花都开了,去看看,去看看。"

赵广元说:"哎,你们是该出去散心散心了,老是家里闷着,迟早会疯的。"

艾绿珠不说话。

赵广元又说:"也有小半年了吧?"

艾绿珠半晌说:"四个月零十天。"

赵广元说:"我那阵忙着离婚打官司,也没空去瞅你们。"

艾绿珠垂头说:"家家有本经,自家的经念好了,少让亲戚操心,就对得起大伙了。"

赵广元说:"听说闺女没回来?留那儿了?"

艾绿珠看了看赵广元,赵广元也看了看艾绿珠。两个人谁都没再吭声。

路上的风硬得很,不过,却是暖的,吹得头皮酥痒,太阳也好,晒得眼皮饱胀,杨树叶子呢,油亮发黑,柳树枝子能拧笛了,麦子呢,拔了三指高,田野到处弥漫着牛粪、苜蓿和野花的味儿。孙志刚隔着玻璃窗大声问赵广元:"我说连弟啊,麦子灌浆了没?"

赵广元没回话,他鼠头鼠脑地上上下下打量着艾绿珠,突然问道:"你们再抱个嘛。"

艾绿珠只用手来回拧着大象鼻子。这是只用水红绒缝的大象。

赵广元讨好似的出主意:"嫂子,你们真

可以再抱养个。改天我十里八村的踅摸踅摸,看谁家有了私生的,抱过来给你们养。你们虽镇上住着,却没我们庄稼人活泛。"

艾绿珠郑重地把大象鼻子塞进书包,这才磨磨蹭蹭道:"你连个老婆都没有,还替我们着想,真难为你了……不过,我好歹还有个熄灯说话的人,哪天腿一伸走了,还有人料理后事……你呢,还是自己抱一个吧……等着日后好养老送终。"

赵广元便知自己说了不该说的话。不过,艾绿珠这席话,倒真触到他伤心处。他哑然片刻后,突然号啕大哭起来。他个子那么矮,声音却异样洪亮。他佝偻的脊梁哀伤地起伏着,伴随着大声地咳嗽,将眼泪和鼻涕抹得到处都是。艾绿珠掏出条手绢攥他手心里,安慰他说:"你还年轻,家里又有三间宽敞的大瓦房,还怕娶不到称心如意的老婆?"赵广元仍抽噎着,连一句话都懒得说了。艾绿珠就去看孙志刚。孙志刚没听到他们叔嫂间的对话,仍有板有眼地开着三轮车。他真以为自己是个司机了。他的腰板拔得像扇门板。

麻烦事刚进市郊就来了。交警在十字路口拦住了孙志刚。其实不是人家拦他,交警本来查前面那辆广本的养路费,检查完就走了,孙志刚呢,以为肯定自己也没跑,心里头长草,慌(荒)了,三轮车停在那里动也不敢动。他这一停,后面的车辆只得跟着停。交警蹙着眉走过来,有一搭无一搭地说:"喂,把运营证和驾驶本给我看看。"

孙志刚想想说,我没运营证,我不是跑运输的,只是拉着家里人串个门。交警看了看车篷问,那矮个是谁?孙志刚说,是我兄弟。交警问,那女人是谁?孙志刚忙说,是我老婆。交警摇摇头笑着问,那是你弟?肯定不是一个妈生的吧?又瞄了两眼艾绿珠问,那是你老婆?不是你年纪人(母亲)?孙志刚赔笑道,我是老实人,从来不说假话,我这辈子,最痛恨的就是说假话的人,这矮子,真是我兄弟,这女人,真是我老婆。交警清了清嗓子说,就当他是你弟、她是你老婆好了,把驾驶本给我瞧瞧。孙志刚支吾着说，驾驶本？没带啊。交警说，没带好办，交罚款吧。

孙志刚说："我身上没带钱。"

交警说："没带钱更好办，把这三轮车扣下就成。"

孙志刚是真没带多少钱。他们两口子要是手头宽裕，也不至于借了王屠户的三轮车来市里。

艾绿珠这时从三轮车上款款地迈了下来。她把头上的方格头巾撸掉了，满头的白发格外显眼。她缓缓地问交警，你刚才说啥？谁是谁妈？交警一愣，说，我什么都没说啊！

艾绿珠说，你没说，我咋听到了呢？我耳朵又不聋，亏你还是个警察，有你这么说话的吗？她并没去看交警，而是眼神涣散地逡巡着来往的人群，她说话的语气也慵懒，仿佛说这些话着实费了不少气力。交警不理她的茬，只是说，赶快交钱，别他妈穷磨叽了！艾绿珠迟疑着问，你……你骂人？交警说，我没骂啊，怎么，你们无证驾驶还有理了？艾绿珠商量着说，我们就是无证驾驶，你也不能骂人啊，对吧？

后面的车堵得越来越多，不少司机把车熄了，凑过来看热闹。交警无疑很上火，他一把拽过艾绿珠，将她扔到马路牙子上。他本来个子魁梧，艾绿珠纤细，看上去就像是他轻而易举将她悬空拎过去一般。艾绿珠惊慌失措地嚷道，你这是干啥呢？你这是干啥呢？我们又没干违法的事！我可是人民教师呢！你撒了我！撒了我！

孙志刚连忙去扶艾绿珠，同时大声地问交警，你这个同志……怎么能这样呢？交警冷冷地说，我什么样了？嗯？我什么样了？边说边去揪孙志刚衣领。孙志刚不比他瘦弱多少，见他动手，也毫不示弱地去押他衣领。两人眼看就要撕扯到一块儿。交警忙掏出手机给同事打电话，说这里有无证驾驶的！不但不交罚款还蓄意滋事。孙志刚一听，赶紧松了手，他懂得好汉不吃眼前亏的道理，他们是来市里办事的，可不是来市里闹事的。他说大兄弟啊，你消消气,我们是从镇上来的,没见过世面,也不懂规矩,你大人有大量,饶了我们吧。说完他扒住艾绿珠耳朵嘀咕句什么。艾绿珠白着脸说,不行!不行!孙志刚又嘀咕几句,艾绿珠才噘嘴走开,不一会儿扛着个麻袋过来,扔在交警脚边。孙志刚瓮声瓮气地说,同志啊,我们是真没钱,要是有钱,我们何必费这个口舌?我们只有这么点栗子,您行行好,就当是罚款收了吧。

交警铁青着脸摆着手说,快走吧!快走吧!别在这儿添堵了!你们这号人,不老老实实家里待着,出来乱跑个鸟!

孙志刚蹑着马路牙子闷闷地开着三轮车。艾绿珠还在车篷里唠叨,她说这么一大袋栗子转眼就没了,还给了这么个不懂礼貌的人,连镇上的小学生都不如,还市里人呢!说完她又去看赵广元。赵广元刚才在车上吓得直哆嗦,连个屁都不敢放,叫艾绿珠很是瞧不起。倔劲就冒上来了,说,连弟啊,我们马上快到报社了,你该上哪儿上哪儿吧。赵广元讪讪地说,我也不知道信访局在哪儿，不如我先陪你们去报社？你们去报社干啥呢？你们不是去公园看樱花吗？艾绿珠乜斜他一眼，不紧不慢地说，我们干啥都跟你没关系，刚才我们差点挨打，你咋不上手呢？赵广元说，嫂子，你瞧瞧，你瞧瞧，就我这小身胚，哪里近得了人跟前啊！艾绿珠哼了声，不再搭理他，又开始唠叨起那一麻袋栗子。

孙志刚也心疼那麻袋栗子。不过他更担心的是，怎样才能在到报社之前，避免再次挨罚？而找到报社后，如何才能找到那个叫李文的记者？

四

苏澈来得不是很及时，晚了半个多小时。劳晨刚发现他跟视频里的模样一点都不像。视频里他有点瘦，单眼皮，头发粗短，可本人看上去是方脸，眼皮有点肿胀，看不出是单是双，头发油腻，明显是个懒散的大学生。他见到劳晨刚也有点惊讶,这姑娘长得太壮了,简直像个女相扑运动员。他们彼此简单地打了招呼,又彼此端详一番。

苏澈是本地人,读大学二年级。在公共汽车上,他不失时机地给劳晨刚介绍这座城市的历史,好像只有这样,才能消除由于初次见面而带来的陌生感。不过劳晨刚并不感兴趣,这是座震后重建的城市,没什么高楼大厦,只是街道很整洁,马路很宽敞,店铺很兴旺。她关心的是,苏澈能否顺利地帮她找到康保民?

按照劳晨刚掌握的信息,康保民住在龙泽路和北新道的交叉口,那里有一片居民楼,是震后第一批盖的,住的大都是开滦煤矿的职工,不过现在搬的搬迁的迁,房子大都往外出租,住在那里的大都是外地打工人员。而这些打工的又以安徽人居多,他们在这座城市,以卖正宗的安徽板面和倒卖昂贵的南方水果闻名。

"他开了家小吃部,据说生意还不错,"劳晨刚对苏澈说,"他现在有两个儿子,一个14岁,一个9岁,"她低着头说,"当然,如果算上净姐,他们有三个孩子。"

"你放心好了,"苏澈说,"就是他藏在石头缝里,我们也能把他抠出来。"

不过,康保民没藏进石头缝,他们俩也没能把他找出来。当他们到了龙泽路,才发现小区已经变成废墟,十几栋居民楼都已爆破,百十号工人抡锤砸着钢筋水泥,推土机轰隆隆地将地面震得直颤,还有批人拿着图纸,指手画脚议论着什么。他们的头就有点大了,过去一打听,才晓得小区居民早在一个月之前就全部搬迁,这里马上要建设成全市最高档的住宅小区。至于那些原来的居民去了哪里,他们也不清楚,大都是租房子的小商贩,跟耗子搬家似的,倒腾到哪个洞都有可能。"这就没辙了,"苏澈耸耸肩膀说,"你最好先给孙明净打个电话,看看她是否知道点信息。"

"她家电话撤了,"劳晨刚垂着眼睑说,"每次打的时候,都说没这个号。"

"她自己没手机?"

"以前有,"劳晨刚叹息着说,"不过,

现在注销了。"

"那她父母的号码呢？"苏澈皱着眉头说，"她父母的号码你总该知道吧？"

"对不起，"劳晨刚诺诺地说，"我没有她父母的号码。"

"你真是的，"苏澈说，"你们多久没联系了？"

"我也说不好，反正挺长时间了，"劳晨刚说，"你也知道，这半年来我是怎么过来的，"她用牙齿不停地咬着手指，"有时候……我感觉……我好像活了好几辈子了。"

苏澈盯着这个十五岁的女孩，半晌才说："即便我们找到康保民又有什么用？我们找到他，却找不到孙明净。"

"我知道净姐家住哪儿，"劳晨刚说，"她家在桃源县桃源镇文明路 132 号。平房，院子里养着一只猫，一条狗，一只花狸鼠，如果我送她的那只绿毛龟还活着，应该都三岁了。"

苏澈说："你累不累？"

劳晨刚说："我现在要是躺在席梦思上就

好了。"

苏澈说:"你饿不饿?"

劳晨刚说:"我现在能吃进一桶冰激凌,或者六个鸡腿汉堡。"

苏澈说:"你都这么胖了,以后少吃点。"

劳晨刚说:"我觉得,女的胖点,其实挺漂亮的。"

苏澈说:"孙明净是不是比你还胖?"

劳晨刚:"她的绰号叫'大象'。"

苏澈问:"哦?她是不是特别喜欢大象?"

劳晨刚:"她说从小到大,总共有十六只大象玩具,有塑料大象、橡皮泥大象、绒布大象、积木大象、电动大象,嗯,还有大象水枪,"她忍不住莞尔笑了,"不过我认识她的时候,她真的跟大象那么胖了,你知道,"她垂下眼睑,"长年累月吃激素,都这样。"

苏澈说:"那我就请你去吃冰激凌吧,你想吃两桶也行,只要你能吃得下去。"

苏澈当然没请劳晨刚吃两桶冰激凌,他身上总共就五十块钱,他只好请她到工地旁边的一个小卖部吃了块雪糕。又给她买了个大桶方便面,用热水泡了,看着她狼吞虎咽地吃。她好像真的饿极了,方便面几乎两口就没了,而且连汤水都不剩一滴。她一边吃还不忘掏出MP4,将打夯机"咕咚咕咚"的声音录下来。

"喂,你录这干吗?你是不是好几年没吃东西了?"

"是啊,你怎么知道?"劳晨刚很严肃地说,"我每天都靠梦想和空气维持生命。"

苏澈"啧啧"两声说:"你们这个年龄的女孩,是不是都跟你一样矫情?"

劳晨刚撇撇嘴说:"矫情有什么不好?说明我们纯洁。"

苏澈说:"孙明净呢?"

劳晨刚说:"净姐不矫情,她可是个有思想的人。"

苏澈说:"比你还深刻?"

劳晨刚说:"那当然,跟康德差不多。"

苏澈说:"挺恐怖的。"

劳晨刚说:"她聪明绝顶。她两年没上学,

却考上了重点高中。"

苏澈说:"女孩要是太聪明,又太美丽,很容易得你们这号病。"

劳晨刚说:"谢谢你夸我。"

苏澈又给劳晨刚买了桶方便面。他说:"我最讨厌吃方便面。猪食。我喜欢吃板面,"他突然想起什么似的朝小卖部的人问,"你们这里以前是不是有好多卖板面的安徽人?"

"那可不,"小卖部的人说,"这一片有七八家呢,家家都火得很。"

"你在这里待多久了?"

"三十年也有了。"

苏澈的眼睛亮了亮:"你认识一个叫康保民的安徽人吗?"

"咋不认识呢,他的店生意挺好。他老往汤里放罂粟壳,客人都上瘾。"

"那他现在去哪里了?"苏澈给那人讨好似的点支烟,"您知道吗?"

"怎么不知道!他们全家都搬到开发区了。那里不是有个全市最大的废纸收购公司吗？他在那里打工。"

苏澈朝劳晨刚眨眨眼说:"玻璃公主,我们出发吧!"

五

孙志刚艾绿珠他们很顺利地就到了报社。他们在半路上再也没遇到警察或旁的麻烦。道路两旁全是开疯了的西府海棠,鼻翼里飞着花粉细弱的颗粒,孙志刚忍不住重重打了个喷嚏,当他掏出手绢擦完鼻涕,抬头间就发现了路旁那个硕大陈旧的牌子。他有些惊喜地大声招呼着车上的人,不一会儿,艾绿珠跟赵广元从电动三轮车上鱼贯跳出。艾绿珠冷静地环顾四周后,把她的方格头巾郑重其事地系好,掸了掸身上的灰尘,紧了紧裤腰带,又弯腰用团手纸擦了擦黑皮鞋。当她直起腰身再次东张西望时,有只蜜蜂嗡嘤着飞过,怎么着就撞到脸上,艾绿珠手忙脚乱地逮住,手指肚夹着细细观瞧一番,后来,她噘着嘴巴吹了吹蜜蜂的花翅膀，喃喃自语道："这才有个春天的样儿。这才有个春天的样儿啊。"说完她瞅了瞅孙志刚。

春天该是什么样儿？什么样儿才是春天？孙志刚不清楚，他只得含混着点点头，表示对艾绿珠的感慨颇为赞同。多年来，他已经习惯了对艾绿珠的高谈阔论保持沉默。

艾绿珠将近四个月没出过家门了。这漫长的一百二十来天，她除了卧室、厨房、厢房和厕所，再也没有迈出过庭院的铁门。那些时日，她仿佛一只冬眠的蟾蜍，在自己冰凉狭小的洞穴里栖居，即便偶有亲戚朋友来访，她也只是躺在炕上懒懒地愣神，似乎客人的光临和她没有丝毫牵扯。她唯一牵挂的是书房里那尊菩萨，每日清晨、晌午和黄昏，她都要燃上几炷香，庄严地跪在蒲团上念经，一念就是个把时辰。除了这件让她挂心的事，她连狗都懒得喂，猫也懒得抱，即便那只花狸鼠用牙齿啃着她的手指，她也不会去摸一把。大多时候，孙志刚披着碎雪从自行车修理铺回来,他会惊讶地发现,炉火根本没点,屋子里清冷清冷的,厨房里灶火没开,案板上只有硬馒头,而艾绿珠坐在一团漆黑的房间里,默默念叨着什么。那册《金刚经》通常被她攥手里,半天也不翻上一页。那时孙志刚总隐隐担忧,怕她真得了什么病。

"我们把车停在这儿。"艾绿珠指挥着孙志刚将三轮车靠在玻璃橱窗和绿化带的缝隙,蛮有把握地说,"肯定不会违反交通规则,"她随手摘朵海棠,放鼻子下漫不经心嗅着,"我们先找警卫打听打听,看李文有没有上班。他们跑新闻的,屁股下都安着弹簧,"又低头对赵广元说,"广元啊广元,你忙你的去吧,你不是急着上访吗?"

赵广元诺诺地说:"嫂子,我那点尿事,不急,不急,先陪你们,陪你们。"

艾绿珠沉吟了片刻说:"你……是不是……不敢自个去了?"

赵广元白着脸说:"嫂子你把我看成啥人

了？我可不是没脓血的人。谁要惹了我，我可敢一把火烧了他全家！"说完用眼光去瞄孙志刚。孙志刚就说："可不是，广元不是好欺负的，是个正经老爷们，庄里人哪有不佩服的？"赵广元得意地朝艾绿珠撇了撇嘴，艾绿珠抹耷着眼睑说："说你脚小，你还就扶着墙走了？"孙志刚忙捅了捅艾绿珠，说："告状不是一时半会儿的事，那可是几年、几十年甚至一辈子的事，广元，你要愿意在这待着，就在这待着吧。我跟你嫂子没钱，但有成把成把的时间，等我们正事办妥了，就送你去，免得你坐公共汽车，花那冤枉钱。"

艾绿珠不好再说什么，将车上的一袋栗子、一袋红薯和一袋小米背下来，吭哧吭哧地聚成一堆，"广元你先帮我看着，"她擤了擤鼻涕，手指在鞋帮上麻利地蹭了蹭，"我跟你哥去找李记者。"

在报社警卫室，孙志刚和艾绿珠找到了保安。这是两个满脸青春痘的男孩，正在玩弄手机。孙志刚递上香烟，小声问道："小兄弟，麻烦你们帮我找一下李记者？"

两个警卫头也不抬地问说："谁？"

孙志刚说："李文，李文，新闻部的李文。"

一个便对另外一个说："去去去，打电话问一下。"

另外一个说："凭什么我去打，你在这里大饱眼福啊？"

一个说："这些图片网上有的是，光张柏芝的就有一百多张。要是想看，待会我连钟欣桐的裸照也发你手机上。你手机有蓝牙没？"

另外一个才不情愿地去打电话。没说两句就挂了，伸手去抢同伴的手机，同时扭头对孙志刚说："李文去遵化采访了，没在单位。"

孙志刚笑着问："大兄弟，麻烦你帮忙问下他的手机号，好吗？"

刚打电话的小伙子说："你改天再来吧。我们这里有制度，不能随便把手机号告诉陌生人。"

孙志刚忙说："我跟他很熟。"

小伙子就不搭理他了。孙志刚说:"我给他带了些土特产。"

小伙子说:"先放传达室。写上他的名字。"

孙志刚就和艾绿珠把栗子、红薯和小米搬进传达室,在麻袋上歪歪斜斜地写上了李文的大名。刚写完孙志刚看到赵广元招呼自己,就小跑着过去。赵广元犹犹豫豫地说,他先不打算去信访局了,他想去看看李梅。

李梅就是他前妻。孙志刚问,她都跟你离婚了,你还找她干啥?当初你们人脑袋都打出狗脑袋了,你还把邻居的灶膛砸了。赵广元泪眼婆娑地说,我……我想跟她……复婚。孙志刚攒着眉头说,你当婚姻是儿戏,说结就结,说离就离啊?再说,你这么低三下四地去找她,她能瞧得起你吗?女人家,最看不起软脊梁骨的男人呢。赵广元蹲地上不吭声。孙志刚只好掐着他窄小的肩胛骨安慰说,不过呢,你要真想吃回头草,就吃吧。哥能理解你。晚上被窝里少了个暖脚的人,心里哪能踏实?不过,你千万别说软话,你要说明白话。知道什么叫明白话不?赵广元连忙朝他连兄点点头,哽咽着说,离婚后他常梦到李梅,梦到她给他洗脚,梦到她在酒店被坏人欺负。他要不来救她,她就没活路了。他恨她恨得牙根痒痒,可总不能见死不救吧?他赵广元可是个有担当的男人。

孙志刚良久无语,去瞥艾绿珠,却看到艾绿珠正扒着警卫室窗户朝里张望,边张望边朝他不停摆手。孙志刚就狐疑着走过去,陪她一起朝窗子里观瞧。

原来那两个警卫正在吃孙志刚和艾绿珠的栗子,还将栗子皮吐得满地都是。两口子挣挣着耳朵,听到一个对另外一个说,这栗子真是新鲜呢。另外一个说,霜打过的栗子又甜又脆,你要是喜欢,我们干脆把这袋栗子分了,反正他们也不知道。一个说,这傻男人,连自己的名字都没写,即便给了李文,李文也不知道谁送的!另外一个说,是啊,乡下来的,心眼都不齐全。一个说,我很少吃坚果,这样吧,我要这袋小米,我妈最喜欢用红枣熬小米粥了,那袋红薯你就要了吧，我胃不好，这东西，又软又甜，可吃多了泛酸水。

孙志刚和艾绿珠面面相觑。孙志刚皱着眉头思量，如何才能将几麻袋东西从传达室搬出来？既要不伤人脸面，自己又要得体。他尚在愣神犯嘀咕，艾绿珠已然冲进了警卫室。她浑身颤抖，死死盯住两个保安，一句话都不说。两个保安没料到她突然闯进，手里抓着的栗子不禁滚到地上。三个人就那样对峙着，后来艾绿珠终于说话了，她说，你们也是爹妈一把屎一把尿拉扯大的，怎么能这么没良心？嗯？你们的良心难道被狗吃了？嗯？她语速缓慢，说的还是普通话，说到"良心"这两个字时，她像朗读课文一样使用了重音。她好像把这两个小伙子当成自己的学生了。两个保安你看看我我看看你，谁也没吭声。艾绿珠对这样的效果无疑很是满意，她重新系了系头巾，然后弯腰把洒落到地上的栗子一颗一颗地捡起，其中有两颗滚到床铺底下，她就随手从电视机上抄起根细竹竿，跪在地板上撅着屁股，赌气似的扒拉出来。当她发现孙志刚和赵广元在门口搓手站着时,便胳膊一挥,地主婆一般吼道:"还傻愣着干啥你们俩?难道你们缺了心眼,连脚也瘸了吗?快把栗子小米跟红薯,统统给我运到车上去!"

六

苏澈虽说是本地人,但却是个标准的"路盲",连蒙带打听的,好不容易找到那个所谓全市最大的废旧物资收购站。这是一个庞大的收购站,占地方圆几公里,红色围墙上镶嵌着碎玻璃和铁丝网。门口两个站岗的也都穿着制服。

苏澈说:"怎么感觉跟《越狱》里的狐狸河监狱似的。"

劳晨刚有些发愁地说:"这个厂子人肯定挺多,找他肯定费劲。"

苏澈说:"你别自己吓唬自己啊。我们不是还长了两张嘴吗?"

他们先去问站岗的，站岗的还算和气，说你们去传达室问问吧。传达室的门卫是个干瘪的老头，听他们说明来意后，就问你们找的这个人，是国内的还是国外的？苏澈有些诧异地问，怎么，还有外国人在你们这里当雇工？老头笑着说，我们老板倒是想呢。是这样的，我们这里的废品，有从国内收购的，还有从国外收购的。你们要找的这个人，在哪个分厂呢？苏澈就挠着头皮说，这个，这个……应该是国内的吧？老头又问，是哪个车间的？苏澈说，你们这里车间很多吗？老头说，那当然，有32个车间呢，废纸车间、废钢废铁车间、废硅胶车间、旧机组车间、废机油车间、电子脚车间……苏澈问，那你这里有职工花名册吗？老头摇摇头说，我这里没有，劳资科应该有。苏澈就说，那我们去劳资科问问吧。老头又摇摇头说，不行不行！我们董事长说了，近日不许让闲杂人员进厂。苏澈说，我们不是闲杂人员啊，我是大学生，她是初中生。老头一听脸色就变了，说，那更不能让你们进了！快走快走！苏澈说别介啊大爷，有话慢慢说，别赶我们走啊。我们也不容易，来这里找亲戚，亲戚家有人出了事……他可怜兮兮地注视着老头，老头就叹口气说，实话跟你说吧小伙子，我们董事长前几个月去参加全国人大会，会上提了建议，说国家应该保护富人，少上富人的税，结果前几天，几个北京大学的学生混进来，偷拍了不少车间工人的照片，发到网上，引起轩然大波，我们董事长很生气，说了，除了市长能进厂，连副市长都不行……

  苏澈和劳晨刚只得在工厂门口转悠。劳晨刚脸色苍白，不时咬着下嘴唇。苏澈就问，你累了？劳晨刚低声说，是啊，都快昏厥了。苏澈商量着问，要不这样，我们先找个旅馆，你好好休息休息，等下午我们再想别的办法？劳晨刚一听就急了，说不成不成，我只是有点体虚，坐会儿就好了。我可不是豌豆上的公主。

  苏澈说："你平时也这样吗？玻璃公主？"苏澈在网上跟劳晨刚聊天时，经常这样戏谑地叫她。

劳晨刚说:"是啊。是不是把你吓坏了,姜饼人?"

苏澈问:"骨髓移植手术……做了也有半年了吧?"

劳晨刚淡淡地说:"其实恢复得挺好。"

苏澈说:"还输血吗?"

劳晨刚说:"前三个月,每星期输两袋,后来就光吃药。"

苏澈就沉默了。在他们见面后的半天里,他们两个一直喋喋不休地谈话,仿佛他们已经是认识多年的故友。其实,他们认识也只不过两个月。

"有办法了!"苏澈盯着劳晨刚说,"我有个表哥,在路北国税局当局长。"

劳晨刚说:"人家连副市长都不让进,何况一个局长。"

苏澈说:"不懂了吧?没听说过一句老话吗,山高皇帝远,县官不如现管。"

苏澈就联系他表兄。他表兄应得倒很爽快,问这人叫什么名,是哪里人,来工厂多长时间。苏澈一一告知，然后挂了手机，有些得意地问劳晨刚："我是不是越来越聪明？"

劳晨刚说："不是越来越聪明，是越来越贫。"

苏澈嘿嘿笑着说："是啊，不像你，正处于忧伤的少女时期。"

劳晨刚说："我有点讨厌你了。"

苏澈说："我倒越来越喜欢你了。你越看越像《怪物史莱克》里的费安娜公主。"

劳晨刚说："可惜，你怎么看怎么像法尔奎德公爵。"

他们还在斗嘴，苏澈表兄的电话就打过来了。他不仅告诉了苏澈康保民的手机号码，还说康保民马上就会到工厂的传达室等候他。

"兵贵神速，"苏澈说，"玻璃公主，你是不是很佩服我？"

"是啊，"劳晨刚说，"我还真没见过，男孩能把一双白匡威板鞋穿得这么脏。"

苏澈的鞋子再脏，还是比康保民的干净。这男人蓬头垢面，脚上的一双黄胶鞋满是汤子水子,还有数不清的纸屑碎泥粘鞋帮上。看来这个习惯卖板面的安徽男人并不习惯在车间挑选废旧纸壳。见到苏澈和劳晨刚,他满脸的疑惑提示着劳晨刚,他并不是个好对付的人。当然,她长这么大,很少有机会和成年男人交往。她父亲母亲在她七岁时就离婚了。

"康叔叔好,我叫劳晨刚。"劳晨刚有些羞涩地自我介绍着,同时伸出手去握康保民的手。康保民的手并不如何粗糙,只是油得很,很快就泥鳅一样滑出去。"你们找我有什么事情?"他来来回回看着他们俩,同时将烟雾从鼻孔里迫不及待地喷出来。

苏澈瞅了瞅劳晨刚,劳晨刚就说:"我是你女儿的朋友。"康保民脸色就变了。劳晨刚继续说:"虽然你们好久没见了,可她还是你女儿吧?"康保民的头颅很快被烟雾笼罩住,而且他抽的烟极为呛人,劳晨刚忍不住咳嗽起来。传达室的老头就捅了下康保民说,把烟掐了吧,瞧把孩子呛的。康保民讪笑着猛吸一口,定定地凝望着屋顶。

"她现在需要做手术……"

"我走了!"康保民将香烟踩碎,头也没回就走了。劳晨刚和苏澈站在那里,不知道是否应该追过去。他们费了这么大的劲才找到他,而他却在不到一支烟的工夫就离开了。劳晨刚傻傻地站在那里,拿不准是否应该追出去。苏澈伸手拍了拍她肩膀。她的肩膀那么宽,那么厚,一点都不像个女孩。

七

孙志刚、艾绿珠还有孙志刚的连弟赵广元,到达光荣敬老院时,已经是正午时分。当然,从报社去敬老院的旅途中,艾绿珠不停唠叨着。她唠叨了交警,唠叨了保安,后来又唠叨了李文。她说李文是个多好的记者啊,那年去咱们家,也就是二十郎当岁吧?别看年轻,文章却写得老道,要不是他那篇妙笔生花的专访,我们闺女受的苦、受的罪怕是更多……孙志刚从反光镜里窥到她渐渐沉默下去,他不晓得她是不是在流泪，他只是看到她温柔地摩挲着那只玩具大象的鼻子，后来，她干脆把大象从书包里拽出来，紧紧地抱怀里，就像哺乳期的女人抱着……刚出生的婴儿。当她神情涣散地盯着孙志刚后背时，孙志刚心里哆嗦了一下。

女儿得病前，艾绿珠在镇上的小学当语文老师。她教的班级，考试成绩始终在全年级第一。表面上看她矮瘦纤弱，蜡黄的脸庞让她像一个肺病患者，其实呢，她身上有种……孙志刚说不出来的味道。女儿得了再障性贫血后，孙志刚在镇上继续修理自行车，她跟学校请了长假，独自带着闺女四处治病。她们几乎将中国的版图走遍了，天津、石家庄、上海、北京、武汉……每到一座陌生城市，艾绿珠都会寄张明信片回来，告诉孙志刚，她和女儿很好，吃得好，睡得好，医生好，护士好，病友好，治疗效果也好。2003年"非典"期间，艾绿珠陪着女儿在地坛医院做入仓手术。他们都对这项据说是国际最先进的治疗方式，抱着一种赌博的心态。医生们决定把女儿放入一个狭窄的玻璃无菌室,将她血液里的白细胞统统杀死,然后,再往她的血液里注入兔子的细胞,让兔子的细胞在女儿体内生成新的造血功能。她们娘俩在北京一待就是三个月。她们很少给家里打电话,哪怕是一块钱,孙志刚也晓得艾绿珠都想掰成两瓣花。为了昂贵的入仓手术,他们把房子卖了,住在亲戚家闲置的平房里,房子卖了钱也不够,要不是李文记者的报道在社会上引起轰动,别说入仓手术,连每月一次800CC 的血,他们也是输不起的。那时的艾绿珠,偶尔打电话,总是慢条斯理地叮嘱孙志刚,吃饭一定要吃热饭,睡觉一定要睡热炕,如果修自行车的用打气筒,一定要额外多收五毛钱。

"我们以后再来看李文,"艾绿珠自言自语道,"我们总会找到他的。"

这次找张奎倒是容易。张奎住在凤凰区的敬老院。他们还没见过这么漂亮的敬老院,一水的北京平掩映在高大的泡桐树中,泡桐树上悬挂着热烈而肥硕的花朵。在他们印象里，敬老院该是灰色的，飘着孤寡哀伤的气味。他们商量了半天，决定先找院长。院长很轻易就被他们找到了。她是个干练的胖女人，穿身鲜亮的套装，正在接受市电视台采访。他们在院长办公室门外足足等了半个小时。记者们走后，他们才怯怯地敲门进去。他们说，他们是从县里来的，他们来探望一个叫张奎的老人。

"你们是他什么人？"院长给他们每人倒了杯茶水，赵广元慌里慌张接时，不小心碰洒了水杯，茶水溅湿了院长的裙子。孙志刚慌忙着掏出手绢帮忙去擦。院长也没生气，连连摆手说不要紧，不要紧。

"我们……我们……"孙志刚说，"我们是他远房亲戚。"

"我说呢，你们以前没怎么来过，"院长说，"我这就派人带你们去。"

带他们去的是个文静害羞的姑娘。她带领他们穿过一具具晒太阳的衰老身体，穿过一群群打扑克的老头老太太，穿过一丛丛绚烂的樱花树,终于见到了张奎。张奎刚拉了一裤子屎,弄得这里一块那里一块,有个中年女人正在拾掇。他连裤子也没穿,木乃伊般的大腿小腿全露外面。对于这些来探访他的客人,他没有丝毫的热忱。他甚至没抬眼皮正眼瞧他们一眼。当那个文静的姑娘招呼他的名字时,他的耳朵才机警地动了一动,然后站立起来,漠然地盯着他们。那个中年妇女连忙大声叱喝着让他坐下,将一条脏被单紧紧裹住他下体。文静的姑娘脸颊通红地说:"张大爷,你亲戚来看你了,你还认识他们吗?"

张奎左看看右看看,姑娘指着孙志刚细声细气地问:"他是谁?"

张奎的眼皮动了动,响亮地喊道:"爸爸!"

姑娘又指着艾绿珠问:"她是谁?"

张奎想也没想地说:"姥姥!"

姑娘摇了摇头,对孙志刚和艾绿珠说,老人得痴呆症两年了,大部分时间,除了摆弄他那些朝鲜战争时得的奖章,就是骂人和睡觉。

孙志刚什么都没说，他帮那个中年妇女将床单换了，地扫了，又将窗户打开，这才坐到张奎身边。他伸出手试探着摸了摸老人的脸，老人的脸上没有一块肉，他又摸了摸他干瘪的耳朵，他的耳朵上粘着大便，孙志刚用手纸擦掉，当他去摸老人的胳膊时，老人慌忙地躲开，缩到墙角假寐。艾绿珠就大声说："您别怕，我们是来看你的！我们还给你带了栗子和红薯呢！"她朝赵广元使了个眼色，赵广元连忙将那一麻袋栗子抱到床上，从里面捧出一大把，放到老人脚边，说吃吧吃吧，甜着哪！张奎盯着栗子，突然咧嘴笑了笑，然后他将上嘴唇和下嘴唇撩开，摸了摸自己的牙龈。他连一颗牙齿都没有了。

艾绿珠有些失望地说："他是真傻了。"

孙志刚说："人老了，都这样。"

艾绿珠说："他连牙都没了，头发也没了。"

孙志刚说："等你到了他这个岁数，头发还不如他多。"

艾绿珠喃喃道:"我们即便来看他,又有什么用呢。"

孙志刚说:"他不知道我们看他。我们不是知道吗?"

他们俩说着话,没料到老人蹑手蹑脚地蹭过来,摸着艾绿珠书包里支棱出的大象鼻子。刚开始只是小心地摸,后来就拼命地拽。等艾绿珠发现时,大象的半截身子快要拽出来了。艾绿珠哆嗦着道,撒手,撒手!快撒手!老人听她这一说,反倒攥得更紧。艾绿珠就去抓他的手。她没想到老人的手劲这么大,反正她是没法让他松手了。她只得看了看孙志刚。

孙志刚说:"老人要是喜欢,就给他吧。不就一个玩具吗?"

艾绿珠说:"不行。"

孙志刚说:"你别这样。"

艾绿珠说:"我咋样了?"

孙志刚说:"你咋这么小气呢?老人不糊涂的时候,每个月都给我们寄200块钱。"

艾绿珠尖声道:"我小气?我小气?你说

我小气？"

孙志刚命令说："把大象给他。听到没？"

艾绿珠说："孙志刚你给我说清楚，我哪里小气了？我要是小气，能拉这么多栗子来看他吗？"

孙志刚伸手去抢大象，艾绿珠慌忙躲开。她这么一躲，张奎的身体便被她拽个趔趄。老人一愣，旋尔"哇啦哇啦"号哭起来。通常，老人的哭泣会和婴儿的哭泣一样响亮。那个文静的姑娘连忙哄老人，随手塞他嘴里一粒太妃奶糖。孙志刚抬腿就踹了艾绿珠一脚。艾绿珠手扶着炕沿，正了正身子，瞥了孙志刚一眼，二话没说就出了屋子。赵广元在旁提醒，快追啊连兄，我嫂子跑了！孙志刚没搭理他。他扶着窗台，看着艾绿珠很快就消失在茂密的树丛之中。他忍不住打了个哈欠。他感到疲惫至极。他闭上眼，温热的阳光岑寂地触摸着他的眼皮，耳畔传来清风拂动树冠的沙沙声。他想，人要是能一辈子这样站在屋檐下晒太阳，什么事都不用做，什么心都不用操，该多好。

八

下午两点半,康保民骑着自行车从工厂大门里晃晃悠悠出来。苏澈得意地打了个响指,说:"怎么样,守株待兔也能逮着猎物吧?"

他们俩打了辆三轮车,吩咐车夫跟着康保民。康保民骑车的速度很慢,或者说,他好像一边骑车一边想着什么心事。在十字路口遇到红灯时,他竟然径直骑了过去。幸好车辆少,也没有警察。苏澈突然道,真看不出他是这么心狠的人,舍得把孩子送给别人!劳晨刚说,他们家穷。苏澈说,再穷也不能卖孩子啊。劳晨刚沉默了会说,阿姨他们对净姐特别好,为了给她治病,连房子都卖了。苏澈问,明净是什么时候知道自己不是亲生的?

劳晨刚的脸在车篷里显得特别白,偶有阳光透过缝隙,跳跃着扫着她毛茸茸的汗毛,才让她整个人有些生气。她的体型一点都不像个发育中的女孩,如果不是她凝望着别人时,瞳孔里流露出的那股纯净的光，旁人定会以为她是个臃肿的妇女。

"生病后知道的。"劳晨刚说，"净姐做了次入仓手术，可惜失败了。阿姨他们就想给她做骨髓移植。而这个手术要想成功率高些，最好的办法，就是使用同胞兄妹的骨髓。"

"她养父母做出这个决定，肯定也下了不小的决心，"苏澈说，"这样的秘密，其实最好带进棺材里。"

"康保民跟她老婆去看过明净，"劳晨刚说，"明净姐哭了好几天。"

"哦？他们见过面？"苏澈有些吃惊地问道，"那大人们之间，应该商量过捐骨髓的事？"

"是啊，"劳晨刚说，"当时康保民跟他老婆，一口就答应了，他们有两个儿子。"她有些哽咽了，这让她说话的声音更苍老，"不过，后来他们就失踪了，阿姨找不到他们了。"

"失踪了？"

"电话打不通，住址也变了。"

苏澈盯着劳晨刚，半天才说："那今天我

们去的那个住址,是谁告诉你的?"

劳晨刚将头甩向车篷外,静静地说:"净姐。"

苏澈有些茫然地点了支香烟,"你的意思是说,他们搬家之后,其实把地址告诉过孙明净?"

"一点没错,康保民他们经常搬家,但是,明净一直没告诉阿姨。"

"她为什么这么做?"

"你知道,即便有人免费捐献骨髓,手术费也非常贵。"

"即便我们现在找到康保民,即便他们答应我们,又有什么用?"苏澈大声问道,"没有钱,孙明净的手术照例做不了,何况,你今天也看到康保民了,她是他亲生女儿,可他好像并不是她亲生父亲。"

"不管怎么着,"劳晨刚抬起头,一字一句地说,"总会有办法的。"

康保民的家离工厂不是一般的遥远,都快到市郊了。那一片全是土著居民,房子全是震后盖的平房。不过，附近就是市师范学院，在这里租房子的大学生非常多。

苏澈问："你给你妈打电话没？"

"没有，"劳晨刚说，"我不打电话，她只会干着急。我要是打了电话，她会疯的。我觉得从心理上讲，她还是个没成熟的孩子。"

"也是，"苏澈撇撇嘴说，"让你这么个小女孩，自己跑出一千里地。"

"我不是小女孩，"劳晨刚说，"我比你成熟。"

"是比我成熟，"苏澈说，"成熟到白日做梦。"

康保民推着自行车进了一个院子。他们俩也跟着下了三轮车，守在院子门口张望。院子和农家院没什么区别，堆着玉米秆，有几垄菠菜，墙角钻着几丛桑葚。当他们从麦秸垛边走过，突然有人懒洋洋地问道，你们找谁？他们这才发觉，有个男孩躺在麦秸垛上。劳晨刚说，你是谁？你怎么跑到麦秸垛上面去了？男孩说，我是大弟啊，我在晒太阳。我们家好长时间没来客人了,你们是找我爸吗?他刚下班回来。劳晨刚说,是啊。男孩便从麦秸垛上出溜下来。他戴着副大大的墨镜,几乎将他整个脸部都要遮住。我带你们去吧。说完他顺手从地上划拉起一根拐杖,一点一点往前蹭。苏澈看看劳晨刚,劳晨刚小声地告诉他,这是孙明净弟弟,是个瞎子。苏澈便和劳晨刚跟在大弟后面走。还没进屋便听到康保民吼叫的声音。他说的是安徽话,他们一句都听不懂。大弟便说,我爸跟我妈又打架了。他的声音很冷静,似乎他早已经习惯了这样的吼叫声。劳晨刚问,他们吵什么?大弟说,什么都吵,房子、钱、米面、孩子,他们如果不吵架,肯定会觉得活着没什么意思。劳晨刚问,他们现在吵什么?大弟安静地坐到门槛上,没有回答。劳晨刚走过去,拍拍他的头。大弟就说,别打扰我,我正在听蜜蜂飞的声音。

  康保民和他老婆终于从屋内撕扯到屋外。康保民的老婆比康保民还要壮硕,康保民揪着她乱糟糟的头发,她则稳稳地抓着他裤裆。两个人边撕扯边大声咒骂。当他们发现劳晨刚跟苏澈时,有些惊愕地互相松开手。康保民劈头盖脸地朝他们嚷道,你们来干什么?给我滚!滚出去!康保民老婆愣了愣,然后也大声骂起来。她说我们现在没钱!不是说好下半年还嘛!你们这些讨债鬼是不是要把人逼死!

　　劳晨刚连忙说他们不是来要债的。他们是明净的朋友。康保民老婆紧张地问,你们是谁?苏澈就再次大声告诉她,他们是孙明净的朋友,他们费了九牛二虎之力才找到这里。你们来这里干什么?她拢了拢头发,惶恐地注视着他们,然后又去张望康保民。康保民这时倒安生起来,坐到马扎上抽着烟。你们是不是又要我儿子捐骨髓?她声音颤抖着问,是不是?是不是?

　　劳晨刚注视着她点点头。康保民老婆突然"呜呜"地哭起来。她大声地嘀咕道,我们把女儿送给他们的时候还好好的,又聪明又漂亮!什么毛病都没有!连场感冒都没得过!皮实得像耗子!是他们对她不好,她才得了病!

得了病跟我们有什么关系！还要让我两个儿子捐骨髓！捐骨髓不是要人命嘛！我儿子要是再有个三长两短，我们还怎么过啊！康保民你过来！是不是你给那丫头打电话了？要不他们怎么能找到这里来！

苏澈瞪大了眼睛看着劳晨刚，无疑他也没料到康保民老婆会说出这样的话。康保民什么都不说。他老婆就又吵道，孙志刚他们两口子真不是东西！上次我就把他们赶走了。他们自己不敢来，这次还派了说客！真是不要脸！她再次惶恐地来回逡巡着劳晨刚和苏澈，仿佛怕他们做出什么举动。后来她朝屋子里嚷道，小弟，你出来！先别练了！

叫小弟的男孩从屋里出来时，肩膀上还扛着一个杠铃。那个正规运动员才扛得动的杠铃，压在一个瘦弱男孩的肩上。他忐忑地看着他母亲说，妈，你们吵你们的，我练我的。我没偷懒，真的没偷懒！康保民老婆柔声说，先别练了，坏人来了，到妈这里来。说完她把男孩紧紧搂进怀里，警惕地看着劳晨刚说，你们也看到了，我大儿子是瞎子，除了耳朵好使，啥正事都干不了，我小儿子是个天才，我打算着把他培养成举重运动员，将来要拿奥运会冠军的。你们非让他们去捐骨髓，天哪，捐完骨髓他们的身体就垮了！他们还有活路吗？我们还怎么活啊！

劳晨刚不知道还能说些什么。她本来就不是一个擅长言辞的人。她也没生气，只是安静地凝望着这个有些疯狂的女人。女人一直喋喋不休地辩解着，她母牛一样浑浊而庞大的眼睛里，流露出哀伤甚至恐惧的神情。劳晨刚听孙明净说过，她以前是省田径队的运动员，曾经拿过省运动会的举重冠军。退役后分配到毛巾厂上班，后来跟康保民到这里做生意。如今除了壮硕的身体，她什么都没有了。

"我们走吧，"苏澈拉拉劳晨刚的手说，"我们再不走，会被母狮子吃了。"

劳晨刚咬着嘴唇，她想努力使自己保持镇定。她是被苏澈拽出康保民家的。当他们出来时，大弟紧跟着出来。他对他们说，你们代我问姐姐好。我还记得小时候,她带我买过水果硬糖吃。她的病好了,让她一定来看我,好吗?

劳晨刚摸了摸他的头发和耳朵,什么都没说。

"我们……接下来……做什么?"苏澈伸了个懒腰,"说实话,我还真没见过这样铁石心肠又愚昧的女人。毕竟是自己的亲生女儿。"

劳晨刚不吭声。苏澈就说:"我们去广场看看,那里的白玉兰全开了。等你玩够了,就去桃源镇找她。我知道你现在心里很难受。可是……"他没再说下去。

九

孙志刚慢慢地开着三马子车,眼睛笼络着马路两旁。他知道艾绿珠肯定走不远。她能走到哪里呢?那些遥远的路,几年来早就被她走尽了……她最后一次出远门,是带着女儿去安徽。女儿告诉她,从网上看到条新闻,说安徽九华山脚下,住着一位90多岁的老中医,对治疗血液病有独家秘方。年前她就带着女儿坐火车去了,一住就是一个多月。她在电话里告诉孙志刚,那个地方很美,即便冬天,竹子还是青翠青翠的。至于老中医开的方子,她轻描淡写地说,只是比别的药方多了剂紫檀。她最后一次跟他通电话是一个下午,她让他赶快买张飞机票过来,女儿正在去医院的途中。她说话的速度很慢,只是口齿不甚清晰。那是孙志刚第一次坐飞机,他托一个在北京的远房亲戚买了张机票,然后打车去了北京。这是他有生以来最奢侈的一次旅程。在飞机上,他的脑袋一直神经质地抖,后来一位漂亮的空姐走过来,问他是不是有点冷?要是冷的话,她可以给他拿一条厚毛毯。他摆摆手,空姐又关切地问,你是不是不舒服?他恍惚着指了指自己的心脏,什么话都没说。他不是不想说,而是真的说不出来。

到达那个群山环绕的小镇,已经是凌晨四点半。艾绿珠在旅馆门口等候着他。她脸上没有任何表情地说,女儿昨天下午一点半就去世了。她给他打电话的时候,其实是去殡仪馆的途中……他颤抖着问是怎么回事?艾绿珠说,女儿发烧三两天了,但是却拒绝输血。女儿说,她跟老中医打了三个赌,她要看看这一次是否能赢,她说,她的运气一直很好……那天下午,艾绿珠带着他去殡仪馆看女儿。女儿躺在一个透明的玻璃柜里,闭着眼,嘴里含着冰碴。他很想抱抱女儿,像平时输液那样,将她柔软的头部倚靠到自己胸脯上。但是她的身体那么硬,像冰。他们就在镇上给她买了一条连衣裙,又买了一双凉鞋。给她换衣服时,他忍不住摸了摸她的嘴唇,仿佛女儿还会对他说些什么话,可艾绿珠马上严肃地警告他,千万不能哭,要是眼泪掉在女儿的身上,女儿就上不了天堂。后来他便和艾绿珠商量起如何将女儿运回家。商量的结果是,把女儿在这里火化。他们已经没有钱雇一辆出租车,从千里之外把女儿拉回家了。

那天下着小雨,火化厂人少,他们也没排队等候。那个工人把女儿的骨灰从炉子里用铁锹铲出来，一股脑全倒在地上。孙志刚再也忍不住，坐到骨灰旁哭起来。那是他这么多年来，第一次这么痛快淋漓地哭。他感觉这可能是他这辈子最后一次哭泣了。骨灰被艾绿珠塞塞窣窣地捧进骨灰盒，后来，她盯看孙志刚半晌，方才迟疑着跟他商量说，女儿一直很喜欢这个地方，青山绿水的，要不，就把骨灰留在这里吧？小镇上就有一座寺庙，还可以让寺里的师傅平时念念经，帮忙超度。他开始时极力反对，他觉得，女儿一个人留在异乡，要是被别的孤魂野鬼欺负怎么办？艾绿珠安慰他说，女儿很快就去西方极乐世界了，像女儿这样的好孩子，连菩萨都会心疼三分。他们请寺庙的师傅们做了一场奢华的法事。在烦琐、庄严而疲惫的仪式中，孙志刚心里异样宁静。这份宁静一直延续到火车站。在合肥，他们两口子吃了几块烤红薯，然后坐在椅子上等候火车。他们都感觉到一种奇异的轻松，好像这么多年来，其实他们都在等候这样的一个结果。他们甚至开起了玩笑，艾绿珠说，孙志刚，你别心窄，我们好好过，虱子多了不痒，债多了不愁，我们慢慢还，再过几年，十几年，几十年，我们的债还清了，我就给你买一辆二手夏利，黄金周的时候，你就可以拉着我去外地旅行了。孙志刚笑着说，好啊好啊，那我得先去学个车本，你想去哪里旅行呢？你喜欢大海还是喜欢草原？

他们这样有一搭没一搭地聊着，直到火车进站。在火车上，他们面对面坐下，谁都不晓得还能再说点什么。半夜里孙志刚醒来，艾绿珠死死抱着一个黑皮包睡熟了，她睡得那么沉，嘴角流着长长的涎水。他只有看着窗外，看着窗外弥漫的黑，有那么片刻，绝望再一次紧紧攫住了他的心脏，让他佝偻的身体痉挛起来，同时大滴大滴的泪水扑满脸颊。车厢里那么静，他不敢哭出声，后来，他机械地朝玻璃窗吹着哈气，哈气瞬息就将玻璃铺了层薄雾，他就在玻璃窗上来来回回写着女儿的名字，孙明净……孙明净……孙明净……写完就用袖口擦拭掉，而窗外的黑暗在瞬间又淹没了他的瞳孔……

回来后的很多个夜晚,他没有丝毫睡意,就坐在女儿书桌前发呆,摸摸老狗的毛,搔搔猫咪的痒,要不就将女儿养的绿毛龟从鱼缸里捞出,看它缓慢而忧伤地爬行。有一次他不经意间翻了女儿的抽屉,便翻出了一封信,从日期上看,这封信是去九华山的前一天晚上写的:

今天,我笑着问爸爸,如果哪一天我死了,你们会怎样?爸爸笑着说,没有你,我们一样活得很好。我知道他心里很难受,他故意这样说。大人们不知道在掩饰悲伤的时候,他们的眼睛往往出卖了他们。爸爸年轻时那么帅,可现在老得像棵丧失了记忆的树。

我很欣慰。他们知道我有多么爱他们。

如此看来,女儿去安徽之前,其实早为自己做好了安排。她想死在那个山清水秀的地方,这符合她的天性。她一直爱美,吃激素吃得那么胖,脸上手上全是紫斑,她还是尽量保持清洁,每隔两天就洗一次头。她为什么那么懂事?如果她刁蛮任性,他的痛苦会减轻一点。很多个夜晚,孙志刚盯着房梁,觉得人活着,真是没意思透了。身旁的艾绿珠不停翻身,却故意发出均匀的呼吸声,好让他觉得她睡得如此安详甜美。他当兵那会,其实喜欢过一个高中女同学,女同学家里穷,母亲极力反对这门亲事,并托人说媒,将在镇上教书的艾绿珠介绍给他。这么些年,他机械地跟她做爱、聊天、吵架怄气,就像在跟另外一个自己过日子。艾绿珠不能生育,他们抱养了一个外乡人的孩子。那时他想,人活着,就不要想太多,要是想得太多,这世界就虚无了。人嘛,其实就是棋盘里的卒子,只能进不能退。如今呢,女儿死了,家里一屁股债,他能够感受到的,只是一个中年人没有尽头的……疲惫。卒子再也不想往前拱了,不是不想拱了,而是没有气力往前拱了……当他把那瓶敌敌畏藏在床板底下时,心里竟是一种久违的温暖。他想,自杀之前,他该去感谢感谢那些帮助过他们的人，他始终记着句老话，滴水之恩，当涌泉相报。那些从来没有见过面的陌生人，延续了女儿几年的性命，让他多享了几年的福。他要替女儿做点事。他从捐款者名单里挑了四位，打算给他们送点土特产。

而今天的市里一行，却让他有些不甘。李文出去采访了，张奎傻了。尤其是艾绿珠，竟然连一个玩具大象都舍不得赠给张奎。她从什么时候开始变得如此吝啬？从安徽回来，她就用女儿的一条旧裙子缝制了这么个玩具，有事没事都要拿出来抱一抱。

他们是在离敬老院三里左右的地方找到艾绿珠的。艾绿珠坐在一个垃圾桶旁，胳膊抱着双腿，脑袋夹在两块膝盖骨中间。远远看去她沙砾那么细小。孙志刚鼻子一酸，就对赵广元说，去，把你嫂子接过来。赵广元没动，反倒问道，我说志刚，你们啥时候才能把事办完？孙志刚知道他这是着急了，他肯定一路都在想着李梅。孙志刚没吭声，而是窸窸窣窣从衣服里掏出张信纸，展开递给赵广元。赵广元接了，贴了眼睛看：

> 新华道120号《劳动日报社》　李文
> 凤凰区光荣敬老院　　张奎
> 华北煤炭研究所　陈素娥
> 长宁西道祥丰里205楼二门202室　刘志军

"我操，还有两家呢。"赵广元嘟囔道，"煤炭研究所？这是什么鬼地方？"

孙志刚不去管他，而是朝艾绿珠走去。当他站在艾绿珠身旁时，他不知道该说些什么，只好大声咳嗽了一声。艾绿珠抬起头仰望着他。他有些不自在地将眼光移开，然后，他感觉到自己的大腿被艾绿珠死死抱住。她的手臂还那么有力气，他已经记不清楚，她有多少年没这样拥抱过他了？后来，艾绿珠松开胳膊，将手掌伸给他，他就攥了她的手，将她从地上轻松地拉了起来。艾绿珠掸了掸裤裆上的灰尘，轻声对他说，我们赶快去下一家吧。

这样，孙志刚夫妇和赵广元又去找陈素娥。

陈素娥是煤炭研究所的研究员。等他们好不容易找到研究所,人家告诉他们,陈素娥去年刚刚退休,早就不上班了。孙志刚向人家讨要她家的地址,人家笑着说,告诉了你,你一时半会也找不到她。孙志刚说,没关系,我们不嫌费事,慢慢找。那人就上下打量着孙志刚说,陈素娥退休后搬她儿子那里住了,享福去喽。孙志刚问,她儿子住哪儿?远不远?那人说,不太近,在得克萨斯州。孙志刚又问,什么州?什么州?是不是离贵州很近?艾绿珠连忙捅了捅他说,美国的,美国的。孙志刚茫然地盯着艾绿珠。艾绿珠就拉着孙志刚出来。她扶着孙志刚的胳膊,半晌没吭声,后来她柔声说道,孙志刚,我有些累了,我真的有些累了,要不我们……先去广场上休息休息?那里有露天的椅子,不用花钱,前天电视里也报道了,说广场上的海棠和玉兰,开得正是时候。

十

劳晨刚和苏澈坐在广场的椅子上,张望着

来往的旅人。这是这座城市最大最雄伟的一个广场。广场中心矗立着水泥柱纪念碑，碑底座上雕刻着三十年前那场劫难中，让人们难以忘怀的英雄和事迹。不少孩子们在广场上放着风筝，大人们在一旁帮忙牵线，同时还要提防成群的蜜蜂蜇到奔跑的孩子。

"一会我就去坐汽车。估计下午，我就能见到明净姐姐了。"劳晨刚手里捏着只蜜蜂，蜜蜂挣扎着飞，劳晨刚就用 MP4 将蜜蜂翅膀拍打空气的声音仔细录下来。

"需要我陪你一块去吗？"

"不用。你赶快去上课吧。我到桃源镇后会给你打电话。"

"你记录这些声音……有什么用途？"

劳晨刚将蜜蜂放飞。后来，她开始放 MP4。这样，苏澈在接下来的时间里，听到了风吹屋顶的声音，听到了孩子大声哭泣的声音，听到了火车车轮碾过道轨的声音，听到了刀子割破玻璃的声音，听到了男人和女人吵架的声音，听到了牙齿咀嚼甘蔗的声音，听到了飞机起飞的声音，听到了骏马嘶鸣的声音，听到了昆虫欢叫的声音，听到了鞋子在走廊里走过的声音，还听到了两个女孩子，一起歌唱的声音。

"非典那年，我们一起在北京住院。哪里都去不了，只能乖乖待病房里。我们就用这个MP4，录窗外的各种声音。我们都不说话，可是心里却很快乐。净姐说，欢愉在于细小，在于沉默。我不知道这句话是她说的，还是别人说的。"

"今天你就能看到她了，"苏澈说，"你们……也有好几年没见了吧？其实……"

"……以前我们经常通电话，只是这几个月，突然就断了消息。"

"其实……其实……其实我有种不祥的预感，"苏澈断断续续地说，"如果明净一切都好，她……她肯定会联系你。"

"别说了。"

"也许她……她已经……"

"别说了。"劳晨刚转向他，将胖乎乎的

手指竖在唇边。

"你最好有这样的准备……你这么聪明,也许你早猜到了这一点……只是你不敢承认。"

劳晨刚并不吭声。她沉默了足有一个世纪那么漫长。"我答应过她,等我的病好了,一定帮她找到亲生父母,让他们给她捐骨髓……"她突然说不下去了,她的眼泪已经把她的嘴唇堵住了。她丰满的身体哀伤地颤抖着,后来为了哭起来更方便,她干脆蹲在椅子脚边。她的嗓音和男人一样粗壮。

而孙志刚他们达到广场时,赵广元还在嘀嘀咕咕。他说即便找到那些人又有屁用,明净都不在了,还不如跟他去找李梅。孙志刚和艾绿珠并没有生连弟的气,说实话,他们都被广场上嘈杂的声音和拥挤的游客弄得有些眩晕。有那么片刻,艾绿珠去拉孙志刚的手,孙志刚的掌心涩涩的,似乎还在担忧停在路边的电动三轮车是否会招来交警。艾绿珠将他掌心打开,五根手指用力地攥着孙志刚的五根手指。她的左胳膊夹着那只水红绒大象。大象那么庞大,细长的鼻子几乎要耷拉到地上。他们从安徽回家后,按照桃源镇的习俗,把女儿从小到大的衣物全烧了,当然,还有那些大象玩具。女儿喜欢动物,尤其喜欢大象。艾绿珠只留了女儿的一条红裙子……其实,她一直想告诉他,女儿的骨灰,其实就在裙子缝制的大象玩具里。她没把女儿留在寺庙,而是时常把女儿贴在乳房上……他是个软心肠的男人,她可不希望这个软心肠的男人终日捧着女儿的骨灰抹眼泪。

后来,他们仨看到广场那边围了群人。艾绿珠就拽着孙志刚过去看。他们一向不是爱凑热闹的人,在镇上,每年正月十五都要扭秧歌划旱船,他们一次都没看过,但是在广场上,在市里的广场上,在海棠盛开的市里的广场上,他们没有必要让他们显得跟别人有什么两样。当艾绿珠好奇地从人群中扒拉开一条缝隙时,她无疑有些失望。只是个肥胖的女孩蹲在地上大哭。她哭泣的声音如此粗糙,又如此熟悉,完全不像个羞涩的女孩。艾绿珠隐约着有些失望,难道市里人,就这么喜欢看一个孩子的热闹吗？她突然有些愤慨，她又控制不住自己了。她大声地朝人群喊着，散开散开！有什么好看的！该干啥就干啥去！又不是在耍猴！她的声音严厉而平仄分明，就像一位老师在训斥调皮的学生。那些围观的游客悻悻地散开，然后，在涌动的人流中，艾绿珠拉着神情涣散的孙志刚，一步一步朝女孩走过去。

图书在版编目(CIP)数据

与永莉有关的七个名词/张楚著.—福州:海峡文艺出版社,2024.10
(独角马中篇轻读文库)
ISBN 978-7-5550-3774-3

Ⅰ.I247.5

中国国家版本馆 CIP 数据核字第 2024P3W949 号

与永莉有关的七个名词

张 楚 著		
出 版 人	林 滨	
责任编辑	陈 瑾	
特约编辑	刘晓闽	
出版发行	海峡文艺出版社	
社 址	福州市东水路 76 号 14 层	
发 行 部	0591—87536797	
印 刷	福州德安彩色印刷有限公司	
厂 址	福州市金山工业区浦上标准厂房 B 区 42 幢	
开 本	787 毫米×1092 毫米 1/32	
字 数	63 千字	
印 张	5.125	
版 次	2024 年 10 月第 1 版	
印 次	2024 年 10 月第 1 次印刷	
书 号	ISBN 978-7-5550-3774-3	
定 价	28.00 元	

如发现印装质量问题,请寄承印厂调换